On Isaac Bashevis Singer's Short Stories:
A Study Based upon Narrative Theory

艾萨克·辛格
短篇小说的叙事学研究

李乃刚　著
Li Naigang

ZHEJIANG UNIVERSITY PRESS
浙江大学出版社

图书在版编目（CIP）数据

艾萨克·辛格短篇小说的叙事学研究 ：汉英对照 /
李乃刚著. —杭州：浙江大学出版社，2013.11
ISBN 978-7-308-12438-6

Ⅰ. ①艾… Ⅱ. ①李… Ⅲ. ①辛格，
I. B.（1904～1991）—短篇小说—小说研究—汉、英 Ⅳ.
①I712.074

中国版本图书馆 CIP 数据核字(2013)第 255660 号

艾萨克·辛格短篇小说的叙事学研究

李乃刚　著

责任编辑　诸葛勤 (zhugeq@126.com)
封面设计　俞亚彤
出版发行　浙江大学出版社
　　　　　（杭州市天目山路 148 号　邮政编码 310007）
　　　　　（网址：http://www.zjupress.com）
排　　版　浙江时代出版服务有限公司
印　　刷　德清县第二印刷厂
开　　本　710 mm × 1000 mm　1/16
印　　张　11.25
字　　数　195 千
版 印 次　2013 年 11 月第 1 版　2013 年 11 月第 1 次印刷
书　　号　ISBN 978-7-308-12438-6
定　　价　33.00 元

最会讲故事的辛格

（代序）

上海外国语大学教授　乔国强

　　辛格有个美名是"最会讲故事"的小说家。按理说，小说家会讲故事不算是什么大事。小说家们都会讲故事，写得有趣一些，那也是"分内"的事，不宜过度张扬。文学批评界很少有人热衷说哪个小说家会讲故事。可是，大家偏要张扬辛格会讲故事，这就有点意思了。

　　辛格会讲故事有天分因素的原因。他从小就喜欢读书，善于观察，二十岁刚出头就开始发表作品。不过，除了天分之外，还应该与他所处的环境和所受到的教养有关系。辛格的父亲是一位笃信哈西德教的犹太拉比。他对外面的世界不闻不问，潜心研习圣书和哈西德教义，而且还十分地迷信。童年时代的辛格在家里常常听父亲讲"死人的鬼魂附着在活着的东西身上，灵魂转生为动物，屋子里栖居着淘气的妖精，地下室里恶魔们经常出没"[1]等。辛格在出入家门、上下楼梯时，似乎都被他父亲讲述的那些妖精、恶魔们所追逐一样，对父亲所讲述的那些有关精灵鬼怪的故事既深信不疑，又深感不安。辛格的母亲睿智、多才。她在婚前就受到过良好的家庭教育，不但能阅读用希伯来文写的《塔木德》，背诵《圣经》，[2]甚至还写了一部自传。辛格家里四个孩子，除了辛格外，还有他的哥哥、姐姐和弟弟。哥哥以斯雷尔·乔舒亚是一位大作家，成名比辛格早多了；姐姐欣德·埃斯特可能是继承了母亲的创作才能，出嫁后也写过一部自传体小说。这家人算起来，六个人当中有四位是作家。生活在这样一个"书香门第"家里，辛格耳濡目染，受益良多，他的文学才华也得到了很好地培养和滋润。他曾承认自己在创作

1　见 Isaac Bashevis Singer 所著 *In My Father's Court: A Memoir* 第 11 页。
2　见 Israel Ch. Biletzky 所著 *God, Jew, Satan in the Works of Isaac Bashevis Singer* 第 7 页。

上曾得到哥哥的很大帮助。

辛格十岁的那一年，哥哥乔舒亚送给他一本陀思妥耶夫斯基的小说《罪与罚》。根据辛格的回忆，陀思妥耶夫斯基作品中所表现出来的那种孤独、非理性以及罪恶等情绪，对他产生了极为深刻的影响。这一年，辛格为避战祸，回到家乡毕尔格雷小镇。他在那里结识了一位从俄罗斯回来的名字叫莫泰尔的朋友。莫泰尔的希伯来语十分出色，他经常借一些用希伯来语写成的小说和诗歌给辛格阅读。辛格在莫泰尔的鼓励下，开始学习希伯来语并试用希伯来语创作了几首诗歌。在此后颠沛、纷乱的生活中，辛格开始阅读大量的书籍，如托尔斯泰的小说、斯宾诺莎的著作，以及其他科学和宗教书籍。辛格的创作热情被这些作家及其作品所点燃。

辛格写得好看的小说有许多跟他儿时听来的神怪故事有关。看他的小说会有一种恍如置身其中的感觉，不由得不相信小说里所讲的故事。不仅如此，放下小说，还会感觉到身边有什么精灵鬼怪在游荡或调皮捣乱。他还有一类与伦理道德相关的小说，让人看了之后，不知道该相信故事里的哪一个人物，总觉得好像都对，又好像都不对，很难做出抉择。这类小说在让人为之扼腕的同时，又突然意识到，其实怎样选择关系到的不只是小说中的人物，还有读者本人。原来，读者的理解也是一种道德选择！辛格真的很缠人，甚至很狡黠。

辛格的确是一位会讲故事的小说家。可是，他是怎样做到的呢？这似乎不是一件随便说说就能弄清楚的事情。李乃刚博士的这部研究辛格叙述技巧的书或许能为我们找到理解辛格的路径。他的这部"从经典叙事学的理论出发，从叙事交流、叙事视角、叙事结构、叙事时间和叙事空间诸角度，对辛格的短篇小说进行较为系统和深入的研究"的著作，在分析辛格写作技巧的同时，还展示了其创作魅力。这样的书不仅对研究辛格会有所帮助，对从事创作的朋友来说，也许多少会有点用处。

2013 年 11 月 于上海

目　录

绪 论

　　西方叙事学的产生和发展过程大致可以分为前后两个阶段，即我们通常所说的经典叙事学和后经典叙事学。经典叙事学就是结构主义叙事学，受到法国结构主义的影响最大，故而有此命名。结构主义理论与一般的文学批评理论不同，它刻意回避故事、人物和创作意图等传统研究对象，将文学文本看作是由一系列具有内在规律的符号系统构成，各种符号之间彼此关联、自成体系。结构主义作为一种方法论，强调在研究事物时，不应该注重因果关系，而应该从构成事物的整体的各关联要素上进行考察。受此影响，结构主义叙事学家巴特（R. Barthes）、托多洛夫（Todorov）和热奈特（Renette）在分析文学作品时，专注于从叙事作品内部去探索关于叙事作品自身的规律，而不是研究叙事作品外在的各种社会心理规律。

　　结构叙事学在法国诞生之后，掀起了一股研究叙事学的热潮，出现了大量的研究论文和专著。这些研究大致可以分为两大类，一类是故事层次的研究，即针对故事情节的逻辑、句法和结构等要素的研究；二是话语层次的研究，即针对故事叙述方式的研究。这两类研究也正好对应于结构语言学中的"故事"与"话语"两大基本概念。理论上来说，结构叙事学研究的对象几乎不受限制，因为它主张超越构成材料和种类体裁的限制，建立包罗万象的叙事模式。但从具体的研究实践来看，这些研究绝大多数还是以语言叙事作品为主要研究对象，其中尤以小说为最。研究的内容主要包括叙事结构、叙事视角、叙事交流以及叙事时间等方面。直到 20 世纪 80 年代中后期，在西方陆续产生了女性主义叙事学、修辞叙事学、认知叙事学等各种跨学科流派，统称为"后经典叙事学"。后经典叙事学更加关注社会历史语境如何作用于作品的创作和接受，将叙事学与女性主义文学评论、精神分析学、修辞学以及认知理论相结合，拓展了叙事学的研究范畴，丰富了叙事学的研究方法。

一、本书的叙事学理论概念梳理

本书拟采用经典叙事学的相关理论作为分析工具，对辛格的短篇小说进行解读。正如张寅德所述，叙事学理论正是叙事文学尤其是小说发展到一定阶段的理论结果，是对传统文学中轻视理论的一种逆袭，叙事学理论与小说研究的结合既是一种本能的选择，也是最恰当的选择。（张寅德，1989：13）只有小说这种情节结构相对复杂、表现形式更为多样的语言形式，才更能体现叙事学理论的精深，也才能更加吸引研究者的兴趣。而在对小说叙事的研究中，经典叙事学理论发挥了更大的作用。它所构建的理论模式，使得研究者和读者可以对叙事作品尤其是现代小说复杂的内部机制进行细致准确的分析，而不是仅仅依赖传统的分析工具对作品的情节和人物进行简单而刻板的描述。本书在经过慎重抉择之后，选取了几组经典叙事理论关系作为研究参照：即叙事与交流、叙事与视角、叙事与结构、叙事与空间。

围绕着叙事交流的过程，国外的学者纷纷提出了各种叙事交流模型（Jacobson，1974；Chatman，1978；Rimmon-Kenan，1983；Toolan，1988），国内的学者申丹（2005）也在《英美小说叙事理论研究》中提出了自己的叙事交流模型。总体来看，这些学者所提出的模型都倾向于将叙事视作一个单向交流的过程。

叙事交流过程中非常主要的元素是隐含作者和叙述者。对隐含作者的存在，不少学者并不十分认可，而是倾向于否定隐含作者在实现交流意图过程中的作用和意义。荷兰叙事学家米克·巴尔在划定作者和叙述者的界限时，就排除了"隐含作者"在这个过程中的存在和作用，而是把"隐含作者"仅看作是"本书意义的研究结果，而不是那一意义的来源"（米克，2003：18）。法国的叙事学家热奈特也和巴尔的观点基本一致，认为隐含作者这一概念根本没有必要存在，因为对作者和叙述者的讨论就足以解释叙事交流的复杂性。相应地，国内的一些学者也对布思的理论提出质疑。如杨义（1997）就认为，不应该绝对地过河拆桥，将真实作者看得无足轻重，而应该透过文本和真实作者展开心灵对话。李建军（2003）则提出，由于布思切断了真实作者与隐含作者之间的联系，"隐含作者"这一概念实际上也隔断了真实作者与读者之间的联系，不利于作品的叙事交流。

布思对此深感忧虑，并在 80 多岁时撰文重申了自己的立场。布思（2007）在文中指出，"隐含作者"的提出是为了批判当时盛行的小说"客观性"、恢复作者在小说中的"主观性"所做的努力，是对作者地位的拯救。更重要的是，"隐含作者"实际上还在更大的范畴内存在现实的意义，那就是它与日常生活之间的密切联系。

总体上来看，国外的许多学者如查特曼、里蒙-凯南等人对布思的"隐含作者"理论还是进行了积极的阐发，使得"隐含作者"在叙事交流中的地位和作用得到了广泛的重视。国内的学者对"隐含作者"也采取了比较积极的态度，如申丹（2000；2008）、乔国强（2008）等人先后都对"隐含作者"进行了较为深入的研究，另有一些学者也提出了富有见地的观点（刘月新，1996；曹禧修，2003；佘向军，2004），对"隐含作者"在叙事作品交流中的作用进行了充分的阐释。本书将结合辛格的短篇小说，首先对辛格的"隐含作者"形象进行梳理，然后根据叙事学的相关理论，对"隐含作者"在叙事交流中的作用过程进行破解。

国内外许多叙事学家的论著中都对叙述者在叙事交流中的位置进行了定位。比较来看，布思在这方面的思维更加缜密。他在论述叙述者与作者、读者和故事人物之间的区别时，并没有将叙述者和作者之间建立直接的联系，而是在叙述者和"隐含作者"之间建立了联系。布思提出，"叙述者可以或多或少地离开隐含的作者"。（布思，2009：175）叙述者是隐含的作者创造出来的，必然会受到作者的个人情感、价值观和思维方式的影响，会留下作者的印记。因为任何作品都是作者心血的结晶，都有可能蕴含着作者自身种种的生活体验，有可能包含着作者自身种种复杂而丰富的情感。（谭君强，2008）正如歌德宣称自己的名作《少年维特之烦恼》是"虚构和事实交织起来的"，小说凝结了作者的生活体验和情感经历。在具有自传属性的作品中，这种联系更加密切，如辛格带有自传色彩的小说《在我父亲的法庭》，就体现出叙述者和作者自身经历之间密不可分的联系。

在很多情况下，叙述者和隐含的作者之间存在很大的距离。隐含作者是处于创作状态中的作者，而叙述者是由作者创造出来生活在虚拟世界里的人物。不论在任何情况下，都不能将叙述者和隐含的作者相等同，更不能将叙述者和真实的作者等同起来，继而从小说中去追寻或印证一个纯粹真实的作者自我。（谭君强，2008）小说的创作者在写作过程中会经常改变初衷，一是因为小说的情节人物有自己的发展逻辑，当这种逻辑与作者的思想情感逻辑不一致时，叙述者就会表现出与作者本意的相背离。二是叙述本身有自己的语言逻辑，当作者的意图与叙述语言逻辑不一致时，叙述者也表现出与作者的相背离。（吴效刚，2000）

叙事视角是经典叙事学理论中非常重要的一个概念，是指叙述时观察故事的角度，在小说中就是叙述者借用谁的眼睛和意识来感知事件。热奈特提出的"聚焦"这一概念，可以充分应用到那些以人物视角展开故事的小说，较之其他视角概念更加形象直观，使得文学作品和视觉叙事作品相比较，甚至可以产生像电影一样的叙事效果。但是这一概念却置叙述者于非常尴尬的地位，尤其是当叙述者为全知叙述者的时候，叙事角度难以确定和描述。尽管热奈特用"零聚焦"和"无聚焦"来描述全知叙述者，但显得非常勉强，暴露出"聚焦"这一术语的局限性。热奈特将故事内的人物视角称作内聚焦，但他同时又承认真正严格意义上的内聚焦只能用在人物的"内心独白"上，因此对内聚焦这个词，只取其不大严格的涵义。（热奈特，1990）热奈特实际上非常担心他所提出的"聚焦"概念让人们混淆了叙述者与聚焦者，比如当以第一人称"我"进行叙述时，如果"我"对过去的事进行回忆性的叙述，则"我"承担的是叙述者的职责；但当以"我"的视角叙述当年亲身经历的情节时，则"我"是聚焦者。因为作为叙述者的"我"对过去的事情十分了解，如果不利用"聚焦"的手段对叙述者加以限制，那么故事的叙述就显得过于平淡了。从这个意义上讲，"聚焦"只是一种叙事手段，或者用热奈特的话来说，是属于"叙述语气"，是为了增加叙事的感染性，让故事变得更加富于悬念而采取的一种技巧。

但遗憾的是，与热奈特的初衷相悖，不少学者都将"聚焦"等同于故事内人物的视角，并以此作为叙事的角度，将聚焦人物甚至是聚焦对象与叙述者混为一谈。其中最有代表性的当属米克·巴尔。她在《叙述学》中深入探讨了"聚焦"的概念，并首次提出了聚焦者和聚焦对象的概念，甚至还试图建立"聚焦层次"的模型。但是，米克·巴尔明确表示："聚焦属于故事，即属于语言文本与素材之间的层次。"（巴尔，2003：167-192）为此，热奈特在《新叙事话语》中表示出对巴尔的努力不以为然，并对"聚焦"的概念重新进行解释。"对我而言没有聚焦或被聚焦人物：被聚焦只适用于叙事，如果把聚焦用于一个人，那么这只能是对叙事聚焦的人，即叙述者，而如果离开虚构惯例，这人就是作者，他把聚焦或不聚焦的权利授予（或不授予）叙述者。"（热奈特，1990：233）热奈特对"聚焦"的概念进行重申就是想要说明"聚焦"是一种叙事技巧，任何把它视作一种故事层面的修辞技巧的做法都是与他的想法相悖的，任何试图将视角围于故事层次的做法都是对视角概念的误解。

实际上，无论是视角还是聚焦，都是属于叙述范畴，是一种非常有效的叙述手段，是展开故事的一种技巧。根据热奈特的观点，聚焦与否的权利在于叙述者，叙述者既可以自己对故事聚焦，也可以通过人物的感知来聚焦。

米克·巴尔对聚焦概念的理解虽然更多体现在故事的讲述方式和效果上，没有给予叙述者以足够的重视，但并不能就此断定她的做法毫无可取之处。本书作者认为，巴尔对热奈特的"聚焦"的理解还是基本正确的，她也一定程度上注意到了"聚焦"的叙述属性，但她试图在热奈特的基础上更进一步，将"聚焦"作为一个有力的叙事学工具应用到具体的文本分析上去，这是她为什么发明"聚焦者"和"聚焦对象"这两个概念的动机。事实上，巴尔所提出的这两个概念在具体的文本分析时的确非常实用，如果像热奈特那样仅仅明确了"聚焦"和"聚焦者"，而不去考虑聚焦之后的事情，又有什么意义呢？其次，巴尔努力创建一种叙述层次，提出了"外在式聚焦者"和"内在式聚焦者"的概念，并且承认视角转换的决定权在外在式聚焦者身上，叙述者可以将聚焦委派给内在式聚焦者，也可以跟随人物观察，而不必完全将聚焦让与人物（内在式聚焦者）。这里，巴尔所提出的"外在式聚焦者"和叙述者的身份非常相似，如果真可以将两者统一起来，那么巴尔和热奈特的思想就是一致的。

叙事学理论主张的一个主要观点是强调研究对象的抽象性，"即叙事学研究的对象与其是叙事作品，不如说是叙事作品的结构规律。它分析描写的并不是个别的、具体的叙事作品，而是存在于这些作品之中的抽象的叙述结构"（张寅德，1989：6）。如热奈特的《叙事话语》（*Narrative Discourse*，1980）虽是以普鲁斯特的著名小说《追忆似水年华》为研究对象，但热奈特本人却称其为一篇研究方法论的著作，他在对这部作品的叙事机制进行精细入微的分析的同时，不断地拿普鲁斯特的叙事和叙事可能性的总体进行比较，从特殊到一般，试图概括出一套既适用于这部作品，又适用于其他作品的理论。（Genette，1980）世上存在的叙事作品是种类繁多、数不胜数的，叙事学研究只有将对象确定为"实际作品的抽象",才有可能从中发现叙事作品的共同语言和规律。

我国学者胡亚敏在她的《叙事学》一书中对叙事学的研究内容也进行了界定。她提出"叙事学研究的是叙事文的共时状态,而不研究叙事文的演变"(胡亚敏,2004:12)。叙事学重视的是叙事文本身的结构和关系,把叙事文中的各种因素作为同时存在并构成有机整体的结构加以研究。"叙事学也不研究叙事文的创作过程",而是尽量避免利用作家的因素来阐释叙事文本,因为叙事学家认为对创作者的过度关注实际上会冲淡作品本身的价值。因此,叙事学研究者从不热衷于搜寻作者生平、个性,或是探究作者的创作环境和创作动机,抑或是考证作者的真伪等等。

无论是法国的叙述学家和国内的叙事学家,他们共同认可的一点就是:叙述(事)学作为一门学科,其最核心的目标就是发现存在于所有叙事作品中的共有结构,即普遍语法。尽管这种设想是美好的,但这种"精妙"的语法实际上是不存在的,目前的研究实际上证明了这一点。当然,这也并不意味着叙事学对叙事作品语法结构的探求是毫无意义的。事实恰恰相反,正是因为叙事学理论对故事结构的强调和重视,才让人们不再一味地关注作者的创作思想、历史背景等作品之外的因素,而是将注意力真正集中于叙事作品本身。

本书对辛格短篇小说的研究正是以此为出发点的。从叙事结构的角度来研究辛格的短篇小说,目的就是发现和挖掘存在于辛格诸多短篇小说中的普遍结构规律,尽量减少对辛格创作背景的关注。但是,本书对叙事结构的研究需要作出两点说明:一、本书中的叙事结构研究是一种针对具体作品结构进行定量分析的尝试,最终的研究结果只能用来描写辛格短篇小说的内部结构,不能作为一种普遍规律应用到所有的叙事作品中。二、本书中所采用的"叙事结构"是一种狭义的概念,主要指作品篇章的安排和事件的组合,与叙事学理论广义的"结构"概念不同。

尽管存在这样的限制和差异,这种尝试仍然是有一定意义的,因为它有助于理解单个作品或单个作家的系列作品在谋局布篇上的技巧。如果在任何情况下都将叙事结构的概念上升为"抽象"的普遍规律,那么对单个作品的结构美学赏析则反而变得没有意义了,叙事结构的研究本身也将失去实践基础,变成为空洞而抽象的理论概念了。本书研究辛格的短篇小说,并未试图从中发掘适用于一切叙事作品的普遍法则,而只是从形态和功能两个角度,对辛格作品的表层结构进行概括和归纳，帮助读者更好地理解辛格在作品结构安排上的精巧用心。

在叙事学的经典论著中，很难发现与"空间"有关的论述。大多数的叙事学家都认为时间是一种必不可少的叙事因素，很少论及空间问题。对文字媒介来说，情况更是如此。如里蒙-凯南在她的《叙事虚构作品》（*Narrative Fictions*, 1983）中就将时间单列一章进行论述，而仅在论述人物刻画的时候，以极小的篇幅论及空间（环境）问题。在个别论述空间问题的叙事学家中，查特曼是较早的一位。他在《故事与话语》中提出了"故事空间"和"话语空间"的概念，并提出故事事件的维度是时间，而故事存在物（人物和环境）的维度是空间。文字叙事中故事空间是抽象的，需要读者参与构建。（程锡麟，2007）米克·巴尔也在《叙事学导论》（*Narratology: Introduction to the Theory of Narrative*, 1997）中专辟一节讨论空间的表征、内涵和功能，并分别论述了空间与其他因素的关系（巴尔，2003）。

另外还有一些单独论及空间问题的学术文章，如加布里尔·佐伦的《走向空间叙事理论》（1984），构建了具有较高实用价值的空间理论模型。鲁斯·罗农则在《小说的空间》将"空间"视作小说中人物、物体和具体地点的实际或者潜在的环境。罗农对空间的诠释为国内一些学者的研究提供了有益的借鉴，如张世君对《红楼梦》"香气"空间的研究，将"空间"概念从人物活动的物理空间延伸至非物质的空间存在。总之，空间研究在叙事理论研究中变得越来越突出，已经逐渐成为叙事理论关注的焦点之一。

弗兰克提出从三个方面来分析小说的空间形式，即语言的空间形式、故事的物理空间和读者的心理空间。（程锡麟，2007）所谓语言的空间形式属于形式主义范畴，它可以通过文字游戏、复杂的句法结构以及意象并置，减缓叙事的时序，表现出形式上的空间特征，也可以用蒙太奇、碎片、多情节等手段，突出叙述整体上的空间效果。而故事的物理空间即故事内人物生活和运动的场所，它可以是实实在在的真实场景，也可以是虚幻的空间。读者的心理空间主要涉及读者在阅读过程中对空间形式进行解读的技巧。（Frank，1991）弗兰克对叙事空间的分析影响了几乎所有批评家对空间的认识，之后很多学者继续从故事空间、空间形式和读者感知等方面展开对空间问题的讨论。（程锡麟，2007）

本书作者认为，叙事空间的研究应该集中于如何通过叙事手段展现故事空间。至于语言的空间形式，则纯粹是从语言文本的形态上构建空间，与故事空间几乎没有任何联系。而读者的空间感知则注重文本与读者之间的联系，可以视作叙事空间研究的目的和结果，而非内容，把它和故事空间列为同等的研究对象略显牵强。但我们在研究如何通过叙事手段展示故事空间的过程中，必然会涉及对读者心理感知的分析。本书将从以上的理论分析出发，分别从物理空间形式、语言的空间形式以及非物质的空间形式三个方面，分析辛格短篇小说中的空间形式，在分析过程中同时注重引入读者的心理感知。

需要说明的是，本书除了参照以上几组叙事理论概念之外，还从叙事时间的角度进行了分析。只是因为在作者看来，叙事时间的概念相对较为清晰，故而在此不做较多评论和解释。除此之外，还需要说明的一点是：尽管本书的理论分析主要运用经典叙事理论，但绝不排斥其他相关文学批评理论。这是因为，叙事理论的发展和界定仍然是一个争议颇多的话题，它只是众多文学批评理论中的一种，有些研究内容不可避免地和其他文学批评理论如文体学和小说修辞学等有重叠的地方。张寅德也曾评价说：

> 由于受到结构主义思潮以及"文学性"学说的影响，又出于对传统文学批评的反动，叙述学强调叙事作品的内在性，将其看成一个独立运转、与外界截然隔绝的封闭体系。然而这种观点在理论上无以自圆其说，在实践上又为叙述学理论自身的发展所否定。叙事作品作为一种文学产品，显然是与其生产和接受过程紧密联系在一起的。一部作品不可能离开创作主体、离开它与其他作品的参照关系而存在，同样一部作品的接受也并不能完全归为作品的外部因素而被束之高阁，因为作品的内部结构形式的安排不同程度地受到读者要求的制约。（张寅德，1989：20）

二、本书主要的研究内容

美籍犹太作家艾萨克·巴什维斯·辛格是 1978 年诺贝尔文学奖的获得者，被誉为"当代最会讲故事的小说大师"。他用一种濒临消失的语言——意第绪语，记叙了特定历史时期犹太人对宗教、伦理以及生命的思考。他的作品深深扎根于东欧犹太人的民间记忆和宗教传统，描绘出一幅色彩斑斓却又与世隔绝的犹太社区生活画卷，深刻地揭示了美国犹太人在同化过程中的种种恐惧、渴望和矛盾的心理，折射出犹太文化传统和整个人类所面临的普遍困境。

国外对辛格的研究已经开展得较为深入，这些研究充分揭示了辛格的作品与犹太宗教、文化和历史之间的内在联系，深入剖析了作者的创作技巧以及现代性、犹太性等问题。国内的许多学者也对辛格及他的作品产生了浓厚的兴趣，大量的研究论文和部分专著充分揭示了辛格作品的创作渊源、创作主题及人物特征等，甚至还将辛格作品中的人物与中国文学中的经典形象进行比较研究，有力地推进了辛格研究在中国的发展。但是，国内外大多数的研究均以辛格的长篇小说为研究对象，对于辛格短篇小说的系统研究则相对匮乏。少量的研究试图揭示辛格短篇小说的叙事技巧，但至于将叙事理论与辛格作品充分结合进行的研究，则略显不足。

本书将在经典叙事理论的基础上，相对系统地展开对辛格短篇小说的研究。研究将从六个方面展开：辛格研究、叙事交流、叙事视角、叙事结构、叙事时间和叙事空间。

第一章首先对辛格的个人创作经历进行简要的介绍，并对他的创作特点加以评述。其次是通过列举辛格的主要作品，交代本书研究对象和样本选择的原则。本章重点是对辛格的国内外研究进行梳理，寻找本书研究的切入点。

第二章研究辛格短篇小说的叙事交流，主要是从隐含作者、叙述者等叙事交流元素入手，对辛格短篇小说叙事交流机制进行阐释。本书对辛格短篇小说中的"隐含作者"进行研究，第一步是根据前人的研究，绘制了一个相对简化的交流流程图，并以此为契机，逐步剖析真实作者、文本、读者这些元素如何与"隐含作者"共同作用，实现作品的交流意图。辛格的短篇小说数量众多，小说中的叙述者类型丰富多变。本章将采用定量分析的方法，对辛格短篇小说中的叙述者进行分类，并在此基础上进一步分析叙述者如何有效地发挥自身的交流作用。

第三章主要研究辛格短篇小说中的叙事视角问题。本章同样采用定量分析的方法对辛格短篇小说中所采用的视角模式进行分类，并在此基础上，分析不同视角模式所产生的不同的叙事效果。本章的研究着重要将视角模式各自的优势和特点进行对比，以揭示辛格选择视角模式的独特匠心。另外，本章还将研究辛格短篇小说中的视角转换机制，分析视角转换对叙事过程所产生的影响。

　　第四章主要研究辛格短篇小说的结构类型。本章分别从故事形态和叙事功能两个方面对小说的叙事结构进行分类，并逐一分析每种结构类型的特点，挖掘辛格在短篇小说结构安排上高超的技巧。另外，辛格非常重视开头和结尾在短篇小说结构中的重要作用，因此本章还要重点论述辛格短篇小说的开篇与结尾艺术。

　　第五、六章的研究分别从时间和空间两个角度展开。叙事时间研究主要是研究辛格如何在叙事过程中利用时间因素控制叙事节奏，叙事空间研究主要分析辛格短篇小说中的空间特征。时间和空间是两个密不可分的叙事因素，将两者结合起来进行分析，有助于从不同维度理解辛格的作品。为了更好地说明辛格短篇小说中叙事空间的构建过程，最后还以短篇小说《旅游巴士》为例详细分析辛格是如何在作品中构建叙事空间的。

　　综上所述，本书所采用的理论分析工具主要来自经典叙事学，研究内容也建立在经典叙事学的理论框架之上。在与短篇小说结合的过程中，本书将尽力有所突破，努力展现辛格作品的结构艺术和叙事技巧。

第一章　辛格与辛格研究

　　艾萨克·巴什维斯·辛格（Isaac Bashevis Singer, 1904—1991）是 20 世纪最伟大的意第绪作家。他于 1978 年获得诺贝尔文学奖，是第七位获此殊荣的美国作家，也是继索尔·贝娄（Saul Bellow, 1915—2005）之后第二位获得此项大奖的美国犹太作家。辛格出生于波兰，一生坚持用意第绪语进行创作，即使在他移居美国之后 50 多年内，他也坚持用这种被宣称是濒临消失的语言描写东欧犹太社区文化。在他看来，意第绪语"蕴藏着尚未挖掘出来的奇珍异宝。它是殉道者和圣贤们的语言，富有幽默感"，[1]是"既睿智又普通的语言，是充满着恐惧和希望的人间的语言"。[2]

第一节　辛格的成长与创作历程

　　辛格童年的大部分时光都是在华沙度过的，但对他的文学创作真正产生影响的却是那些散落在东欧卢布林地区的一个个村庄和市场，因为在这些社区，犹太传统的生活方式一直得到了完整的保存。辛格对犹太传统生活的深切感悟，成为他小说创作取之不尽的源泉。（Stavans, 2004）随着第一次世界大战的爆发，1917年辛格随母亲和弟弟来到母亲的故乡毕尔格雷。这座小镇在辛格的文学创作中占

---

1 引自辛格《诺贝尔文学奖获奖演说》，段传勇译。
2 引自辛格《诺贝尔文学奖获奖演说》，段传勇译。

据重要的地位，辛格的著名长篇小说《格雷的撒旦》和《奴隶》就是以此为背景写成的。而且，在他后来写的几乎所有的作品中，都或多或少地存有毕尔格雷小镇的影子。辛格曾在纪传体小说《在我父亲的法庭》中描述道："我在这儿听到的意第绪语，和看到的犹太人的行为和风俗习惯，已经保留了相当长的历史了。"（Singer, 1966）如果他没在毕尔格雷生活过，他根本不会创作出第一部小说《格雷的撒旦》。

辛格成长与创作的另一个重要时期是在华沙的克鲁齐玛尔纳街度过的。与以往传统封闭的乡村生活不同，华沙喧嚣的都市生活中充斥着各种剧院、报纸、犹太复国主义者和犯罪——这些都给辛格的思想带来极大的现实冲击。在华沙的这段时间，辛格进入了一系列的宗教学校学习，并接受父母的宗教教育。在这段期间里，尽管遭到了父亲的反对，他还是开始阅读大量的世俗文学，其中就包括哥哥乔舒亚（Israel Joshua, 1893—1944）送给他的一本陀思妥耶夫斯基的小说《罪与罚》。这些书籍为辛格开启了一个崭新的世俗世界，让辛格感受到一种全新的写作风格。

当辛格再次返回华沙时，他已经做好了进行文学创作的充分准备。他不仅大量阅读了托尔斯泰（Tolstoy, 1828—1910）和汉姆生（Hamsun, 1859—1952）的小说、斯宾诺莎（Spinoza, 1632—1677）的《伦理学》等等，其广泛的兴趣还延伸到了主流科学和神秘学等领域。辛格经常在犹太作家俱乐部活动，并加入了汇聚所有华沙文学精英的 P. E. N. Club。辛格的第一部短篇小说《在晚年》（*In Old Age*）于 1927 年发表在《文学之页》（*Literature Pages*）上，"对于一个正在努力探索写作道路、不确定是否继续用意第绪语进行创作的年轻作家来说，这是一个良好的开端"。（Stavans, 2004：20）辛格也自此开始在华沙犹太文学圈逐渐建立起声誉。在此期间，辛格结识了著名犹太诗人蔡特林（Aaron Zeitlin, 1989—1973），共同创办了杂志 *Globus*，并在这份杂志发表了几部短篇小说和连载自己的第一部长篇小说《格雷的撒旦》（*Satan in Goray*, 1933）。在《格雷的撒旦》中，辛格不仅表现出对逝去的犹太生活的生动想象力，更表现出将普通犹太村民的世界观转化为自身文学诉求的天赋。

辛格的文学事业在他 31 岁的时候经历了一次重大的转折。1935 年的波兰，战争乌云密布，辛格不得不接受哥哥乔舒亚的邀请，乘船来到美国纽约，离开他事业起飞的地方。但是身处异国，辛格却深切感受到了意第绪文学的尴尬处境，就连《犹太每日前进报》（*The Jewish Daily Forward*）的编辑都在专栏中反复强调：意第绪语的唯一使命就是宣传社会主义。对一个作家来说，离开了自己的土地，放弃了自己的语言，是非常痛苦的一件事情。辛格不仅脱离了自己的语言，更是感觉自己的思考方式和理念都被扭曲了。美国为千千万万的犹太人提供了避难所，但却无法为他提供文学创作的土壤。在他给好友 Ravitch 的信中，辛格写道：在纽约，我比在波兰时看得更清楚，这里不存在意第绪文学，也没有意第绪读者。（Stavans, 2004）在经历了长达七八年的痛苦徘徊之后，辛格终于摆脱困境，重新回归文学创作的正轨，并最终选择专注于以犹太历史为背景的小说创作为自己的发展道路。1943 年，辛格连续发表了 5 部短篇小说，以寓言的讲述方式展示了邪恶的、非理性力量的胜利，并以此声援处于战火中的欧洲。到了 20 世纪 40 年代末，随着他的作品《莫斯凯家族》（*The Family Moskat*）的创作和发表，辛格逐渐被更多的美国读者所认识。这部以纪念逝去兄长为名而创作的长篇小说，继续沿用史诗的写作手法，探讨波兰犹太人的生存状况。《莫斯凯家族》尽管在商业上并未获得巨大成功，但却引起包括《纽约时报》（*The New York Times*）在内的诸多媒体的关注。1953 年，在欧文·豪（Irving Howe, 1920—1993）的强烈推荐下，在经过索尔·贝娄的翻译之后，辛格的短篇小说《傻瓜吉姆佩尔》发表在《党派评论》（*Partisan Review*）上，立即引起评论界的热议，辛格也因此受到广泛的认可。（Hadda, 1997）这部作品以其独特的讲述方式，将传统和现实巧妙地融合在一起。在整个 60 和 70 年代，辛格的作品频繁出现在各类杂志上，如《小姐》（*Mademoiselle*）、《哈泼氏》（*Harper's*）、《花花公子》（*Playboy*）以及《纽约客》（*The New Yorker*）等。1974 年，辛格凭借短篇小说集《皇冠上的羽毛》获得国家图书奖。1978 年，辛格最终获诺贝尔文学奖，登上文学事业的巅峰。

受到陀思妥耶夫斯基（Dostoevsky, 1821—1881）、托尔斯泰和果戈理（Gogol, 1809—1852）等文学大师的影响，辛格的文学创作主要是以世俗生活为题材。在辛格的作品中，几乎所有的故事人物都是普通的犹太人——无论是傻瓜吉姆佩尔，还是荡妇埃尔卡，他们都生活在社会的最底层。在嬉笑怒骂间，辛格将最真实的犹太生活画卷展示在读者面前。在辛格的笔下，这些鲜活逼真的人物形象成为永恒的文学经典。虽然在很多同时期的犹太作家和读者看来，他的作品充斥着各种欲望、贪婪、骄傲、压抑、不幸和非理性的主题，他的这种创作选择被看作既是对宗教家庭的反叛，更是对犹太文化传统的背离，但从犹太宗教传统的角度来说，辛格的这种选择既是对传统文化的遵循，更是对塔木伦理道德——家庭、奉献、正直、尊重等价值的一种延续。(Stavans, 2004)

辛格几乎所有的小说都是围绕"道德挣扎"展开的。他的作品似乎总是在提这样一个问题：人究竟该如何存在？为了回答这个问题，辛格故事中的人物不得不在两个不同的世界进行选择：天堂和地狱。(Friedman, 1988) 辛格的这种二元观在他的作品中反复地显现、纠缠，故事中的人物和叙事结构也自然地呈现出一种分裂的特征。身处于躁动的世界，辛格笔下的人物总是在痛苦的抉择中徘徊：是坚持信念等待救赎，还是自甘堕落沦为魔鬼的奴隶？是选择理性，还是选择激情？是要在有序的世界中平静生活，还是在混乱的世界中放任自流？辛格的这种二元观实际上折射出他对于犹太人在文化社会变迁中所面临困境的一种理性思考。

辛格的作品不仅吸引了无数不同民族的读者，而且是批评家一直关注的焦点。长期以来，众多的批评家们坚持不懈地从语言、主题、人物、宗教、文化等不同的角度对辛格作品中蕴含的精髓进行解读，也试图从叙事技巧、故事结构等角度对辛格的作品进行挖掘。这其中欧文·豪对辛格的评价最引人注目，他毫不吝啬地评价辛格"是在世的两位或者三位最有才华的意第绪语作家之一；他对意第绪习语的掌握，修辞使用的广泛性以及他那让人透不过气来的叙述韵律都表明他是一位艺术能手"。(Howe, 1955: 29) 欧文·豪对辛格的高度评价，对辛格在美国文坛扩大影响起到了极强的推波助澜的作用，也在美国批评界产生了导向性的作用。(乔国强, 2005) 当然，辛格的作品中等待发掘的宝藏还很丰富，还需要对其开展更加深入全面的研究。

从辛格的创作历程来看，辛格首先是一位具有非凡创作能力的作家。他似乎总能够轻易地将听来的或是想象出来的故事，转化成为生动有趣而又充满生命哲理的文学作品。辛格曾反复强调：写作不应该采用分析的方法，也不应该囿于写作本身。写作不仅应该要有故事，要有事实，而且还要具体，要明确，要直指人心。(Stavans, 2004)

其次，辛格还是一位具有强烈民族使命感的作家。身为一名犹太人，辛格对自己民族的命运和前途感到深深的忧虑，他的小说创作也处处体现了这一点。辛格曾在《诺贝尔文学奖获奖演说》中毫无保留地表达了埋藏在内心深处的民族情结。在演说中，他宣称自己是犹太民族的儿子，对自己民族曾经遭受到的沉重打击深感痛心，对即将到来的危险不敢掉以轻心。（Singer, 1979）在这种民族意识的激励下，辛格怀着拯救人类信仰的希冀，进行积极的文学创作，不断地为犹太民族寻找精神的归宿和出路。他坚信"必然有一条路，这条路使人们获得可能得到的所有快乐，获得自然界所能给予的所有的力量和知识"。[1]这条路对辛格来说就是借助传统的语言、传统的手法和传统的题材，塑造一个个鲜活的艺术人物、一个光怪陆离的犹太世界。在他的笔下，"中世纪似乎又重新获得了生命，平庸与奇迹并存，现实和梦幻共生"。[2]

辛格 15 岁开始文学创作，迄今为止已创作 30 余部作品，全都用意第绪文写成，大部分已译成英文。其中短篇小说的创作最为突出，辛格至今已发表 12 部短篇小说集，重要的有《傻瓜吉姆佩尔及其他故事》（*Gimpel the Fool and Other Stories*, 1957）、《市场街的斯宾诺莎及其他故事》（*The Spinoza of Market Street and Other Stories*, 1961）、《短暂的星期五及其他故事》（*Short Friday and Other Stories*, 1964）、《降神会及其他故事》（*The Séance and Other Stories*, 1968）、《卡夫卡的朋友及其他故事》（*A Friend of Kafka and Other Stories*, 1970）、《羽毛的王冠及其他故事》（*A Crown of Feathers and Other Stories*, 1973）、《老有所爱及其他故事》（*Old Love and Other Stories*, 1979）、《艾萨克·巴什维斯·辛格短篇小说集》（*The Collected Stories of Isaac Bashevis Singer*, 1982）、《意象集》（*The Image and Other Stories*, 1985）、《梅休塞拉赫之死及其他故事》（*The Death of Methuselah and Other Stories*, 1988）等。2004 年，美国图书馆出版社出版了一套三卷本的《成为一名美国作家》，纪念辛格一百周年诞辰。该套图书汇集了辛格公开发表的 200 多篇短篇小说——包括 13 个发表在英文杂志上从未被收录过的短篇，成为理解辛格最好的读本，也是对辛格辉煌人生最好的记录。

辛格的作品中最具特色的是他的短篇小说，给他带来巨大荣誉的同样是短篇小说。辛格对短篇小说创作的钟爱，在他与伯金的访谈中表露无遗：短篇小说比长篇小说更加容易构思，也更加完整。如果你有一个短故事要说，你可以精雕细琢，从个人的角度使它变得完善。（Singer, 1985）他的短篇小说中，不仅生活着

---

1 引自辛格《诺贝尔文学奖获奖演说》，段传勇译。
2 引自瑞典文学院常务秘书《诺贝尔文学奖授奖词》，黑乌译。

一群远离现实世界的独特的犹太人，还活跃着各种稀奇古怪的幽灵和魔鬼。他们身上洋溢着浪漫神秘的色彩，还散发出一种人性的光辉。辛格在他的短篇小说创作中显示出非常高超的叙事技巧，"显示出自己是一位炉火纯青的故事叙说家和文体家"。[1]

辛格创作的短篇小说数量众多，如何选择研究样本成为本书的一个难题。在反复斟酌之后，本书选择 1982 由 Farrar, Straus and Giroux 出版公司出版的《艾萨克·巴什维斯·辛格短篇小说集》作为主要研究样本。这本小说集收录了 47 篇小说，这些小说具有广泛的代表性，几乎涵盖了 1957—1981 年出版的几部小说集中所有的名篇，如 1973 年出版的《羽冠集》中的《羽毛的皇冠》、《康尼岛的一天》等，1970 年出版的《卡夫卡的朋友和其他故事集》中的《卡夫卡的朋友》、《咖啡馆》、《玩笑》等，1957 年出版的《傻瓜吉姆佩尔和其他故事集》中的《傻瓜吉姆佩尔》、《克拉克的绅士》、《小鞋匠》、《看不见的人》等，1979 年出版的《老有所爱和其他故事集》中的《黑暗的力量》、《手稿》、《旅游巴士》等，1975 年出版的《激情和其他故事集》中的《老有所爱》、《仰慕者》、《嚎叫的小牛》、《两姐妹的故事》、《激情》、《三次奇遇》等，1968 年出版的《降神会和其他故事集》中的《降神会》、《屠夫》、《死人费德勒》、《地狱之火海恩》、《写信人》等，1964 年出版的《短暂的星期五和其他故事集》中的《短暂的星期五》、《独身一人》、《最后一个魔鬼》、《犹太学校的男孩彦陶》、《教皇蔡得勒斯》等，1961 年出版的《市场街的斯宾诺莎和其他故事集》中的《市场街的斯宾诺莎》等。可以说，这些小说是辛格所有短篇小说集中的精华所在，除儿童文学外所有的故事类型都包括在内。辛格能够从 100 多篇短篇故事中精选出这 47 篇，的确非常不容易。正如他自己在出版前言中所说，他很难对这个故事选中的入选小说进行评论，因为这就像东方的父亲拥有一家的妻子和儿女一样，他对所有的作品都看得很珍贵。（Singer, 1982）

除了 1982 年的《短篇故事集》之外，本书还采用其他故事集中的一些较有代表性的作品，如《羽冠集》中的《俘虏》、《胡子》，《傻瓜吉姆佩尔和其他故事集》中的《摘自一位未出生者的日记》，《降神会和其他故事集》中的《一次演讲》，《短暂的星期五和其他故事集》中的《布朗斯维尔的婚礼》，《市场街的斯宾诺莎和其他故事集》中的《死而复生的人》，等等。

---

1 引自瑞典文学院常务秘书《诺贝尔文学奖授奖词》，黑鸟译。

辛格的短篇小说数量众多，类型丰富。爱德华·亚历山大曾将辛格的小说分为九大类：带有自传色彩的小说、超自然和魔鬼小说、道德类小说、原型小说、天启与政治类小说、有关信仰和怀疑的小说、有关爱情以及性和堕落的小说、素食主义小说、大屠杀类小说。（Alexander，1990）亚历山大是研究辛格的专家，他对辛格短篇小说的分类很有权威性，也很全面。但是正如亚历山大本人所说，这种分类并不严谨，各种类别之间有相当的重叠性。为了研究的方便，本书倾向于采用乔国强教授在《辛格研究》中提到的一种分类方法，即按照作品的主题将辛格的短篇小说大致分为两类：一类是描写一个逝去世界的波兰题材，另一类是描写一个迷失世界的美国题材。（乔国强，2008：58）

需要说明的是，本书研究的样本为英译本而非意第绪语的版本。几十年来，围绕辛格译本的问题开展了激烈的争论。以弥尔顿·欣德斯为代表的许多学者对于只评论辛格英译本作品的研究现状提出质疑，认为应该更加重视或者至少不能忽视辛格的意第绪语文本。（Hindus，1962）这种观点有一定道理，但是对本书来说，选择英译本并无大碍。传统的文体学和修辞学研究以文化现象为研究焦点，必然需要关注辛格的遣词造句，不同的语言可能会传递截然不同的文化信息。而本书选择的研究对象是辛格作品的结构和形态，对具体语言所传递的信息并不看重，因此选择英译本不会成为本书的研究障碍。

第二节　辛格研究综述

长期以来，辛格的创作一直受到国际文学批评界的关注，这既是因为他获得了文学创作领域最高的荣誉，更是因为他作品中所具有的独特的创作思想和高超的叙事技巧。

从已经收集和检索到的文献来看，国外对辛格的研究主要分为三类。第一类主要介绍辛格的生平和创作历程，揭示辛格创作的现实生活背景，如简·哈达（Janet Hadda）编写的《艾萨克·巴什维斯·辛格：一生的故事》（*Isaac Bashevis Singer: A Life,* 1997）。该书详细记录了辛格生活和创作中的点点滴滴，深入解读了驱使辛格进行文学创作的外部动因。哈达在谈到自己的写作初衷时说道，"我的写作受到两个目的的驱使。首先，我想要用编年的方式记录巴什维斯的生活和创作过程……我的第二个目的是要刻画辛格成长的文化环境……"（Hadda, xiii）这本书以非常翔实的资料、细腻的笔触，展示了辛格丰富的内心世界，尤其是那些不为人知的情感：无助、困惑和绝望。同时，这本书的作者还深刻地分析和解剖了滋养辛格和无数犹太作家的东欧犹太传统文化，为读者理解培育辛格的文化土壤提供了有力的帮助。

另一位学者依兰·斯蒂文斯（Ilan Stavans）受美国图书馆（The Library of America）之托，编辑了一本概要介绍辛格生活和工作的书《艾萨克·巴什维斯·辛格：相册》（*Isaac Bashevis Singer: An Album*, 2004），以剪影的方式展现了辛格一生中最重要的历史阶段。该书的一个主要功能是作为美国图书馆编辑出版的三卷本辛格短篇小说集的背景材料，帮助读者了解辛格的创作环境和创作动力。书中插入了大量辛格的生平照片和手稿影印件，同时附有美国图书馆的出版商组织的一次圆桌论坛的讨论记录。除此之外，保罗·克瑞什（Paul Kresh）撰写的《艾萨克·巴什维斯·辛格：西 86 大街的魔术师》（*Isaac Bashevis Singer: The Magician of West 86th Street*, 1979），玛西亚·艾伦塔克（Marcia Allentuck）编写的《艾萨克·巴什维斯·辛格的成就》（*The Achievement of Isaac Bashevis Singer*, 1968）等等都产生了重要的影响。

第二类文献是辛格的谈话录。这类文献中较有影响的是辛格与理查·伯金（Richard Burgin）的谈话记录。伯金在 1976 年与辛格相识，此后便对他产生了浓厚的兴趣，不仅阅读所有辛格的作品，而且多次拜访辛格，用录音的方式记录了他们之间大部分的谈话。谈话内容收录在《艾萨克·巴什维斯·辛格访谈录》（*Conversations with Isaac Bashevis Singer*, 1985），内容分为 14 个部分，包含了辛格对人类自身命运的理解，对美国的看法，以及对犹太历史、文学和宗教的关系等方面的认识等等。伯金认为这本访谈录可以消除很多人对辛格的误解，为大家展示一个原汁原味的辛格。

这本书的主题是辛格的性格和他认识改造世界的方式。尽管辛格认为作家应当谨慎小心，尽量避免让别人去分析他，我还是要提醒本书的读者注意一点，那就是辛格是一位非常诚实的人，只是因为他创造了一个深邃、生动而且充满矛盾的世界，并且在这个世界里生活和思考，他的这种诚实显得并不"简单"。[1]

另一部较有影响的谈话录编撰者是格蕾丝·法雷尔（Grace Farrell），她收录了 25 年间辛格 24 个重要的访谈，其中包括作者本人的 2 篇访谈。法雷尔试图通过这本访谈录展示辛格对他个人作品的创作本质、伦理根源、魔鬼信仰等问题的解答，让更多的读者了解辛格的创作思想，加深对其作品的理解。

第三类文献是有关辛格作品的评论。这类文献数量庞大，形式多样，较为普遍的是独立发表在一些重要期刊杂志上的专题评论。还有一类以专著形式出现，是针对辛格作品的主题和创作技巧进行的综合评论。1996 年，格蕾丝·法雷尔收录了大量评论辛格的文章结集出版，取名《艾萨克·巴什维斯·辛格评论集》（*Critical Essays on Isaac Bashevis Singer*，1996），引起不小的反响。该书也被认为是评论辛格最全面的一部论文集，内容不仅包括先前已经发表的众多名家的评论，如欧文·豪（Irving Howe）、苏珊·桑塔格（Susan Sontag）、泰德·哈金斯（Ted Hughes）、鲁斯·怀斯（Ruth R. Wisse）、莱斯利·费德勒（Leslie Fiedler）等，还包含了一些首次出版的最新研究成果，如戴维 H. 赫尔茨（David H. Hirsch）对亚拉伯罕·卡汗与辛格的比较研究，阿里达·埃里森（Alida Allison）对辛格儿童文学的研究，乔瑟夫·舍尔曼（Joseph Sherman）对辛格小说中同性主题的研究，以及南希·波尔克维兹·贝特（Nancy Berkowitz Bate）关于辛格小说中女性人物的研究等等。这部评论专著从不同角度深入地挖掘了辛格的创作思想、主题模式以及文体技巧等等，为辛格研究者提供丰富而权威的文献支持。

概括起来，这本书中有关辛格的评论大致可以分为两类：一类是针对辛格的单个作品所做的书评，另一类是就辛格的整体创作主题和写作技巧进行评价。在辛格的《格雷的撒旦》出版后，欧文·豪便发表文章进行积极的评价；认为辛格可以与福楼拜和屠格涅夫相媲美，并把这本书称为"一本杰作，值得所有喜欢现代文学的人的关注"。（Farrell，1996：29）当辛格的另一部较有影响的小说《卢布林的魔术师》在 1960 年被翻译成英文出版后，斯坦利·爱德加·海曼（Stanley Edgar Hyman）立即发表评论，把这本书称作是辛格"最好的著作"。事实上，他对辛格的认可远不止此。在 1964 年评论《短暂的星期五和其他故事选》时，他这样写道，"辛格不仅仅是一位作家，他就是文学……这本书到处是惊奇和愉悦"。

1 参见 Singer 和 Burgin 所编的《艾萨克·巴什维斯·辛格访谈录》的 Introductory note。

（36）豪和海曼等人的评价充满了溢美之词，在很大程度上提高了辛格在美国文学界的影响。

苏珊·桑塔格曾就辛格作品中魔鬼和梦幻题材发表评论，认为"辛格作品中的梦魇是后经典小说最纯粹的表现形式"。（32）桑塔格的评价实际上代表相当一部分评论家的观点，他们坚持认为应该将辛格归入现代派作家的行列。对于辛格研究颇深的理查德·伯金（Richard Burgin）也持有类似的观点，他将辛格的创作风格成为"狡猾的现代主义"（Sly modernism）。在伯金看来，辛格是以一种非常自然的方式来表现人物之间的关系，以及他们在具体社会背景下的特殊状态，并借此来表达作者个人社会的、心理的和哲学的观点。他认为辛格对于现代社会中人的生存状态非常敏感，并且比其他作家的感知更"现代"。（46）

哈金斯也曾撰文对辛格的创作天赋大加赞誉："诗化的想象力是辛格处理小说主题的基本策略，同时也是他的最大优点。他的行为处处体现了冷静和分析的品质，使得他最终能够看透一切，获得救赎。没有这种天赋，他可能早就和其他人一样分裂了。"（40）莱斯利·费德勒则试图分析辛格的美国化问题。在他看来，尽管辛格坚持用意第绪语进行原始创作，但毫无疑问，辛格的作品仍然是以美式英语作为载体呈现在读者面前。不仅如此，他的很多小说都不可避免地选择了他的第二故乡——美国作为故事场景。（113）费德勒的观点在一定程度上迎合了大多数美国读者和评论家，也客观上为诸多反对辛格的评论家提供了佐证。

除了以上正面的评价之外，这部专著还收集了部分从反面评价辛格的评论。其中，约瑟夫·兰迪斯（Joseph C. Landis）的论文就对辛格提出了猛烈的批评。他认为，辛格"站在主流意第绪语文学主流的外边，彻底拒绝该主流的中心价值"（120）。兰迪斯的评论代表了不少辛格反对者的意见，他们拒绝承认辛格的犹太作家身份，对于辛格作品中的所反映出的犹太信仰问题以及过多的性描写极为不满。

另外还有两本评论专著值得一提。一本是由辛格研究者爱德华·亚历山大（Edward Alexander）于 1980 年出版的，内容主要是针对辛格的多部长篇小说如《莫思凯家族》、《卢布林的魔术师》、《奴隶》、《庄园》、《敌人：一个爱情故事》、《肖莎》等进行评论。另一本是由劳伦斯·弗里德曼（Lawrence S. Friedman）

于 1988 年出版的，内容编排和亚历山大的著作接近。这类著作里的评论是相互关联的，并且构成了系列的研究，可以帮助辛格研究者和读者系统而全面地理解辛格的创作思路。

在上述三类文献之外，还有一本学术专著的影响不容忽视。该书名为《艾萨克·巴什维斯·辛格的犹太性》(*The Jewishness of Isaac Bashevis Singer*, 2003)，是由我国辛格研究的权威专家乔国强所著，并在英国的 Peter Lang 出版社公开出版。这本著作以深邃的眼光和开阔的视野，有力地阐释了辛格充满矛盾的现代性、犹太人同化过程中难以言说的苦难、大屠杀给犹太人造成的阴影及其去美国化，以及辛格如何在作品中叙说犹太性。该书体量丰富，学术性极强，是目前论述辛格犹太性最全面系统的一本学术论著，为辛格研究者开辟了一条充满艰辛但却能到达彼岸的研究路径。

通过以上对国外辛格研究的文献整理，我们可以初步得出一些结论。首先，国外对辛格的研究主要集中在创作背景、创作思想、主题模式、犹太性和现代性等方面，基本上属于传统的文学批评范畴，其主要意图在于揭示辛格的创作与社会、宗教和文化等因素之间的密切联系。但是，这些研究的共同缺陷是将注意力过多地放在故事之外，一定程度上忽视了故事本身，没有充分发掘故事本身的结构之美。另外，一部分评论在内容上相互借鉴，互相派生，频见重叠之处。因此辛格在面对这部分老套的评论时，显得有些不耐烦：

> 文学是要讲一个故事或是表达情绪，在这方面并没有太大进步。我们的知识已经取得了长足的进步，而且仍然在不断地进步。但是我们的情感还没有变，文学也基本上没有变。文学并不是科学而是艺术。一些教授和批评家想要把它变成科学，终将不会成功。(Burgin, 1986: 95)

辛格的这段话实际上是对部分批评家的一种抗议，反对他们对自己作品中的主题、历史、宗教等话题进行的无休止的争论，以及他们试图揭示自己以及其他作家的创作思路和程序的做法。"文学是一种艺术"——辛格实际上是把文学作品看成是完整的艺术品，而不是任何历史、宗教和社会力量的衍生物。在他看来，如果过多地重视文学之外的因素，而忽视了文学本身，则是一种本末倒置的做法。

25

在此，本书作者试图对辛格的看法提出一点异议。事实上，文学批评与文学一直相伴而生，已经成为文学不可分割的一部分，为文学作品的鉴赏和推广起到了积极的作用。我们选择、判断和评价一部优秀的文学作品通常都是以文学批评为准。（Klages, 2009）辛格的作品也不例外。同时，文学批评和文学作品一样，并非完全是科学和程序，更多的是"情感"，是批评家的情绪与作家的情绪碰撞的结果。本研究针对辛格作品的形式和结构进行研究，从广义上来说同样属于文学批评的范畴。

其次，国外对辛格作品的研究大多集中在长篇小说上面，对于短篇小说的关注略显不够。目前唯一专门研究辛格短篇小说的一本专著是爱德华·亚历山大的《艾·巴·辛格：短篇小说研究》（*I. B. Singer: A Study of the Short Fiction*, 1990），这本专著的创作初衷是为了进一步解读欧文·豪所提出的"辛格的现代性"问题。亚历山大认为，辛格的长篇小说更加关注 19 世纪的波兰犹太历史，历史现实主义色彩很浓；而他的短篇小说所反映的主题更具现代色彩，也是他受到广泛认可的主要原因。亚历山大在这部专著中将辛格的英译短篇小说进行了细致的分类，并且在分析的过程中进行积极的取舍，试图对辛格的短篇小说进行全景式的解读。遗憾的是，这本专著虽然覆盖面很广，深度却略显不够，文中的讨论也仅仅是围绕创作主题展开，对于小说的形式和结构则没有太多触及。

弗里德曼所著的《理解艾萨克·巴什维斯·辛格》（*Understanding Isaac Bashevis Singer*, 1988）共分为六个章节，除去第一章的综述外，其余四章分别论述了辛格的九部长篇小说，仅在最后一章以总评的形式论及了辛格的短篇小说。该书以 1982 出版的《艾萨克·巴什维斯·辛格短篇小说集》为研究对象，系统地分析了辛格短篇小说中不变的主题：人类与上帝之间的关系。弗里德曼认为，辛格从传统的犹太社区汲取道德营养，将人类对上帝的信念作为唯一的主线贯穿于他所有的短篇小说中。弗里德曼的这种观点具有高度的概括性，但与亚历山大的研究相比，却显得过于笼统，也一定程度上忽视了辛格在作品中随处可见的对犹太人生存现状的关切之情。

在单一作品的评论方面，阿尔弗瑞德·卡津（Alfred Kazin）针对《傻瓜吉姆佩尔》评论较为深入独到。卡津高度评价了辛格高超的创作技巧，认为辛格受到犹太正统教育的滋养，植根于东欧犹太社区，因而创作出如此杰作。小说中的"傻瓜"形象本身就是一个典型的犹太传奇式人物，一个在纷乱的世界里承受一定认知的人物。"吉姆佩尔是犹太人的傻瓜：一个永远单纯天真的傻瓜，一个明知自己被愚弄却为了别人牺牲尊严的傻瓜。"（Kazin，1996：61）卡津从宗教、传统、文学以及美学角度对这部作品赞誉有加，对辛格的剖析也很有见地。尽管在文章结尾处将辛格与霍桑相比较略显牵强，但这篇评论仍难掩其参考价值。

除此之外，理查德·伯金和格蕾丝·法雷尔在论述辛格的现代性及其作品"隐藏的上帝"时，都分别论及了多篇短篇小说。伯金以《老有所爱》（Old Love）和《旅游巴士》（The Bus）两部短篇小说为例，充分论证了辛格在"传统"外衣包裹下那不易察觉的"现代性"。（Farrell；1996）法雷尔则以《孤身一人》（Alone）、《羽毛的皇冠》（A Crown of Feathers）等小说阐释了辛格作品中魔鬼的胜利、上帝的隐藏和人类的彷徨无助。在他看来，辛格笔下的"魔鬼"实际上代表的是一种非理性的力量，是真实存在并对我们的生活产生积极影响的一种力量，不应该被轻易忽视。而代表正义力量的"上帝"同样真实存在，但却总是不在人类面前显现，因而造成了人类目前的生存困境。（Farrell，1996）这两位辛格研究的专家都以其独到的视角剖析了辛格作品的主题和特征，并且都较多地关注了辛格的短篇小说。不仅如此，两人还分别论述了辛格短篇小说的叙事技巧。伯金在文中深入阐释人类的"无知"状态时，从修辞的角度论及了"巴士"的象征意义，将其视作"人类欲望、意识、寻求现实并逃离现实"的一种象征。（50）而法雷尔则分析了小说《孤身一人》中的叙事视角，提出正是因为采用了第一人称视角，才使得小说中"那熟悉的迈阿密海滩与主人公自我之间的分裂"显露无遗。（83）

国内对辛格的关注和研究总体上来说数量较多，除大量公开发表的评论文章之外，还有部分研究专著。目前国内在辛格研究方面较有影响的专家当属上海外国语大学的乔国强先生。乔先生多年来一直致力于美国犹太文学的研究，归国后完成专著《美国犹太文学》（2008）；同年底，另一力作《辛格研究》问世。除此之外，乔先生还在《外国文学研究》、《当代外国文学》等重要刊物上发表一系列研究辛格的论文，如《批评家笔下的辛格》、《辛格笔下的女性》、《同化：一种苦涩的流亡——析"同化"主题在辛格作品中的表现》等，在学界引起了不小的反响，也带动了不少年轻的学者投入到辛格的研究中去。在年轻的学者当中，较为出色的当属四川大学的博士毕业生傅晓微,她早在 1998 年就在《外国文学评论》上发表论文《辛格"民族忧煎情节"探析》,此后一直致力于辛格研究,收集了大量的研究文献,并于 2005 年顺利完成博士论文《艾·巴·辛格创作思想及其对中国文坛的影响》。另有几篇硕士论文也以辛格作为研究对象,如湖南师范大学王建强的《信仰的召唤:雅夏的精神困惑与自我救赎》,吉林大学王革的《漂泊的灵魂 失意的栖居——由辛格的小说看美国犹太小说的文化内涵》,以及苏州大学戎晓云的《固守与超越——辛格创作与犹太传统文化关系分析》等等。据乔国强先生统计[1],自 1979 年以来,大约有 48 篇文章介绍或讨论了辛格的创作,内容主要涉及辛格作品的主题模式、写作风格和民族情结等。乔先生因此认为,我国对辛格的研究尚处于起步阶段,研究的视野和角度还非常有限。2006 年之后,又有约 12 篇文章针对辛格的小说进行评论,内容也主要涉及辛格的宗教情结、创作技巧和主题人物等。

相较国外的辛格研究而言,国内针对辛格短篇小说的研究在数量上略显突出。1984 年共发表两篇论述辛格短篇小说的论文,即郁诚炜的《辛格短篇小说的结尾艺术》、尹岳斌的《辛格短篇小说浅析》。郁诚炜运用中国传统的文论术语,高度概括了辛格短篇小说中结尾艺术各种表现,有力论证了结尾在烘托主题、表现人物方面的重要作用。该文语言优美,思路流畅,是一篇不可多得的评论佳作。尹岳斌在他的文章中同样论及了辛格短篇小说的结构艺术。他提出,辛格喜欢采用"讲故事"的方式展开故事,其短篇小说的巧妙构思和完整结构并无固定模式,而是根据内容的需要而不断变化的。(尹岳斌,1984)这两篇论文是国内辛格短篇小说研究的先驱之作,也是本书论述辛格结构艺术部分的重要参考。遗憾的是,此后并无论及辛格短篇小说叙事结构的力作出现。

在辛格短篇小说研究中较为突出的是围绕主题和人物进行的评论。1987 年徐忠仁的《评〈市场街的斯宾诺莎〉和〈老来恋〉》,采用比较研究的方法,剖析了两部作品中的人物特征、现实意义和写作风格。这篇文章不仅观点有新意,论述有深度,而且在研究方法上进行了创新,对于后来的学者产生了一定的影响。穿越 20 世纪整个 90 年代后直到 21 世纪的 2004 年,齐宏伟采用类似的比较方法,将辛格短篇小说中的"傻瓜吉姆佩尔"和鲁迅笔下的"阿 Q"以及余华笔下的"傻子"形象进行比较,将比较研究的对象延伸至不同国界的作品。齐宏伟比较

---

1 参见乔国强所著《辛格研究》。该书出版于 2008 年,所统计科研成果截止到 2006 年。

了三种"傻子"之间的不同之处，并且在文章结尾处富有深意地提出："鲁迅的启蒙，余华的人道，辛格的圣愚，从不同层次折射写作叩问生存的伟大意义"，在中外不同时期的作家之间建立起人文精神层面的联系。（齐宏伟，2004：61）2006年，刘素娟和樊星发表《犹太文化精神与中国文化精神相通的证明——〈傻瓜吉姆佩尔〉与〈许三观买血记〉的比较》，再次采用比较研究的方法将中外两部短篇小说进行比较，揭示两部作品在主题模式、人物形象方面的相似之处，并由此探讨犹太民族与中华民族在文化精神上的相通之处。

从以上的分析不难发现，国内的研究较多地集中在辛格的几篇代表作上。2003年熊修春发表《美籍犹太作家辛格笔下的愚者意蕴》、2006年王明霞发表《"智者"还是"愚人"——简析艾萨克·辛格的〈傻瓜吉姆佩尔〉》，再次论及"傻瓜吉姆佩尔"。同年，陆建德发表论文《为了灵魂的纯洁——读辛格短篇小说有感》，再次评论了《市场街的斯宾诺莎》等小说。

另有一部分学者则试图从其他不同的角度对辛格的短篇小说进行剖析。马晓娜在2006年撰写题为《试论辛格短篇小说中奇异题材的深层意蕴》中，对辛格短篇小说中的魔鬼和精灵这类奇异题材进行梳理，并试图挖掘其中深刻的文化内涵和意蕴。刘国枝和刘卫（1998）、孙珍（2006）、李红梅（2010）则分别从宗教信仰的角度，剖析辛格在短篇小说中透射出的宗教意识，揭示其作品所具有的特殊意义。

在所有企图解释辛格短篇小说创作动机的评论中，有两篇文章不得不提。一是乔国强所撰的《斯宾诺莎对辛格创作的影响》一文，二是吴长青发表的题为《被遗忘的意识——辛格短篇小说论》。乔国强主要是从阐释斯宾诺莎的理论思想出发，深入剖析辛格对斯宾诺莎思想的吸收和扬弃，进而揭示辛格如何借助斯宾诺莎的理论展现犹太人在传统与现代之间的尴尬处境。吴长青则以散论的形式、诗化的语言，评述辛格短篇小说中蕴藏的非理性的以及不可知的力量，意图揭示辛格创作动机中"被遗忘的意识"。

总体上说，国内对辛格短篇小说的研究表现出浓厚的兴趣，研究的成果也从不同侧面展示了辛格短篇小说中主题、人物和动机等因素。但是这些研究仍然表现出两方面的不足：一是研究方法比较单一。大部分的研究都集中于作品的主题模式、宗教信仰、民族情结等方面，对于作品的结构安排和叙事技巧则很少触及。另一方面，研究对象的选择有限。多数的研究仅限于辛格的几篇代表作，研究的广度明显不够。

　　针对以上国内外对辛格研究的梳理，本书计划从辛格的短篇小说入手，从叙事学的角度展开研究，意图揭示辛格短篇小说的叙事技巧。希望这项研究工作能够为目前的辛格研究提供一点补充。

第二章　辛格短篇小说中的叙事交流

结构主义叙事学认为叙事是一种交流行为，其根本目的在于向读者传递故事及其意义。小说叙事同样如此，美国学者布思在为《小说修辞学》撰写的序言中把小说看作是"与读者进行交流的艺术"，明确地将小说叙事视为语言交流艺术。（布思，1987）因此，叙事学的一个重要任务是从理论上探讨小说叙事的交流过程，进而揭示不同的交流形式可能产生的修辞效果。

辛格的短篇小说具有很强的可读性，读者在阅读的过程中经常能够感受到作品强烈的交流意图，并能够产生一种与之交流辩解的欲望。辛格短篇小说的交流意图主要借助两个元素来实现：隐含作者和叙述者。隐含作者是文本所反映出来的作者形象，他通过作品向读者传递作者的思想和价值观。而叙述者则在单个作品中代替作者与读者进行交流，对它的诠释可以帮助读者更好地理解叙事作品在文本层次上的交流过程。本章主要通过深入分析隐含作者和叙述者的涵义和功能，揭示辛格的短篇小说如何借助这两个叙事元素实现叙事交流的目的。

第一节　"隐含作者"在叙事交流中的地位与作用

1978 年，美国叙事学家查特曼在《叙事话语》中提出了一种叙事交流模型：

叙事文本

真实作者 → 隐含作者 → （叙述者） → （受述者） → 隐含读者 →真实读者

在该图中，查特曼明确地列出了六个叙事交流要素，其中真实作者与真实读者相对应，隐含作者和隐含读者相对应，叙述者和受述者相对应。在叙事交流的过程中，担任核心交流任务的是隐含作者和叙述者。

查特曼的叙事交流模型将"隐含作者"置于一个非常主动的地位，在文本范围内处于叙事交流的源头。相应地，读者则完全处于一种被动接受的位置。查特曼的观点得到了里蒙-凯南的支持，她在《叙事虚构作品》中将"叙述"定义为"把叙述内容作为信息由发出者传递给接受者的交流过程"。（Rimmon-kennan, 1983:2）。毫无疑问，这两位学者所描述的叙事交流看起来仅仅是一个单向流动的过程，即真实作者创造出隐含作者，隐含作者再通过文本把作者的思想观念和价值观向读者进行传递。

"隐含作者"的概念最早是由布思在《小说修辞学》中提出的，而他则认为叙事学在不考虑社会、历史等复杂因素的前提下，真正关注的是文本、作者、读者（包括评论家）等因素相互作用的结果。（布思，2007）布思的观点实际上将读者和真实作者提高到同等重要的地位，认为读者同样地积极参与"隐含作者"形象的构建。本书作者非常支持布思的观点，认为读者在叙事交流中的作用不容忽视，查特曼的模型无法充分描述叙事交流的过程。在上述各种学术研究的基础上，本书提出一个叙事交流过程的修正模型：

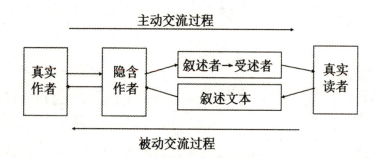

比较发现，此图把以"隐含作者"为中心的叙事交流视作一个双向交流的过程，读者也被提高到一个相对重要的地位，成为叙事交流过程中的一个积极参与

者。在对辛格的短篇小说进行分析时，为了研究的便利，我们可以将隐含作者在叙事交流中的地位和作用分为两个过程：主动交流过程和被动交流过程。在主动交流过程中，真实作者起主导作用；相应地，在被动交流过程中，起推动作用的则是读者。

在主动交流过程中，隐含作者由真实作者所创造，以作者的"第二自我"形象出现，为读者选择所有可以阅读的东西，通过文本向读者传递作者的思想和价值观。在布思看来，"隐含作者"有别于日常生活中的作者形象，可以看作是"处于创作状态"之中的真实作者。

> 我们对隐含作者的感觉，不仅包括所有人物的每一点行动和受难中可以推断出的意义，而且还包括它们的道德和情感内容。简言之，它包括对一部完整的艺术整体的直接理解；这个隐含作者信奉的主要价值，不论它的创造者在真实生活中属于何种党派，都是由全部形式表达的一切。（布思，1987：83）

从布思的观点出发，我们可以看出，"隐含作者"是真实作者的思想、信念和价值观在作品中的体现，它与真实作者联系密切，又区别于真实作者。"他，或更确切地说，它没有声音，没有直接交流的手段。它通过整体的设计，借助所有的声音，采用它所选择的使我们得以理解的所有手段，无声地指导着我们。"（Chatman，1978：148）辛格在他的短篇小说中成功地塑造出立体感很强的"隐含作者"形象，并借助这种"隐含"的形象，实现了与读者的交流。

首先，辛格通过一系列短篇小说塑造出一个"信奉鬼神等神秘力量"的隐含形象。在辛格的很多短篇小说中，主角都是形形色色的妖魔鬼怪。如在《弄妖术的人》中，女主角是一个诱惑人类走向堕落的女妖精。在叙事过程中，辛格用尽各种手段将"弄妖术的人"描述得真实可怕，在故事结尾处还引用圣书里的话，制造出一种神秘而惊悚的叙事效果：

> 弄妖术的人都各有各的疯劲儿。有的老想从铅里炼出金子来。有的向冤家报仇。斯蒂芬·莱兹辛斯基对我爷爷吐露过说他要造一个具有一切优点的女人！
> 那儿就是白天也恶魔乱舞。他们在欢庆婚礼和割礼什么的。

　　　　如果人们看清有多少妖魔鬼怪在身旁飞舞，他们就会惊恐而死。
（Singer，2006：44-50）

　　在另外一篇故事《死而复生的人》中，男主人公阿尔特死后复活，但肉体似乎被魔鬼所占据，行为和性情与先前大相径庭，不仅言语恶毒，而且还欺行霸市，极尽凶恶之事。作者在故事中对人物死而复生前后行为细节的描写非常生动，很难让人对故事的真实性产生怀疑，似乎这一切都是作者的亲身经历：

　　　　要知道，人死了，他的灵魂并不立即升天。它在鼻孔飘荡，想重新
　　进入躯体，灵魂非常习惯于待在躯体里。如果有人尖叫，并且不断地叫，
　　灵魂可能由于害怕而重新飞进躯体，但它很少久留，因为它不能留在被
　　疾病毁坏了的躯体里。但是它间或也留在那里，每当发生这种情况时，
　　死人就给叫活了。（Singer，2006：254）

　　还有一些作品似乎是要说明冥冥之中存在着什么神秘的力量，在我们毫不知情的情况下对我们的生活发生着影响。《三次奇遇》中"我"和李芙柯尔三次意外的相遇，在茫茫人海中显得有些匪夷所思，似乎两人受到某种神秘力量的指引和安排。《胡子》中帕普科太太那令人称奇的胡子，还有《老有所爱》中埃塞尔的突然自杀，都让人难以捉摸、神秘莫测。辛格对描写对象和叙事手段的特殊处理，很容易促使读者相信，作者本人也和故事中的叙述者一样，坚信鬼神等神秘力量的存在。他的这种充满神秘色彩的"隐含"形象，令无数读者着迷，在全世界范围内吸引了大量拥趸，辛格也因此成就了自己国际化的声誉。

　　其次，辛格还通过短篇小说塑造出一个"具备深厚民族情怀"的犹太作家形象。在许多人看来，辛格是一位真正的犹太作家，因为他在20世纪60年代以前的作品，描写的对象几乎都是东欧犹太社区和几百年来生活在其中的犹太人；在这之后，他的许多作品也大都以美国犹太人为主题。辛格用一种平淡而略带沉重、辛辣而不失幽默的语言，记叙了犹太人的种种不安、苦痛、失意和彷徨，为全世界的读者展示出一个充满生机的犹太生活画卷，将一种失落的犹太文明永远地镌刻在文学的典籍上。不仅如此，他还逆潮流而动，坚持以犹太人的古老语言——意第绪语进行文学创作，企图以一己之力尽力延缓这种古老语言的衰退和消亡。辛格短篇小说中的"隐含作者"还非常明确地告诉读者，他对历史上犹太人所遭

受的屠杀和不公正待遇愤愤不平，对上帝的冷漠和无情深感失望：

> 上帝是个聋子，而且他憎恨犹太人。在克迈尔尼斯基把孩子活活烧
> 死的时候，上帝拯救过他的人民吗？在基什尼奥夫，他拯救过他们吗？
> （Singer，2006：185）

> 老百姓已经祈祷了快两千年了，可救世主还是没有骑着白毛驴到人
> 间来。（Singer，1982：412）

辛格在他所有的短篇小说中，时刻心系犹太民族，并积极扮演着犹太人的代言人，为自己民族的前途表现出深深的忧虑。这种"隐含"的形象不仅俘获大批犹太读者的心，也感染了所有具备民族情结的人。

在布思关于"隐含作者"的论述中，引起诸多争议的就是"真实作者创造了隐含作者"这一论断。事实上，布思在定义"隐含作者"概念的时候并没有准确指出隐含作者的形象究竟如何有别于真实的作者形象，这也直接导致了学者们在这个概念上的激烈争论。直到布思发表《隐含作者的复活》一文，"隐含作者"的概念才得以澄清。在他看来，我们所有人在日常生活中都可能戴上面具，尽量展示自己符合道德规范的一面，而文学作品恰恰是日常生活的折射，隐含作者的存在就是理所当然的了。不仅如此，隐含作者还是一个多重的形象，因为在不同的创作阶段，作者会根据具体作品的特定需要而以不同的面貌出现。（布思，2007：31）换句话说，真实作者就是日常生活中的作者形象，文本隐含的作者形象并非作品写作者的形象。从作者的主观意图来说，他想要创造的隐含作者的形象最好能够高于日常生活中作者的形象。也就是说，作者在创作时并不是将自己的常态直接写入到文本中，而是将精心修饰过的自己或者说让自己戴上一副面具后，再隐含或投射在文本之中。（乔国强，2008）

从布思和乔国强的观点出发，我们可以这样进行推论：辛格在塑造"隐含作者"形象的过程中，往往会赋予他们正面和积极的因素。这些"隐含形象"或是集合了各种优秀的品质和高尚的情操，或是承担了某种特殊的使命。辛格"充满民族情结"的隐含形象积极地传达了作者对犹太民族前途和命运的深切关怀，"相信鬼神等神秘力量"的隐含形象则是为了叙事的需要，同时吸引读者关注传统犹太文化中的"民间传说"、"神话"等元素。这种崇高的精神品质并不一定能够在

真实作者的身上得到体现,这些特殊的使命也不一定能够通过作者本人得以实现,但借助"隐含形象",辛格却让无数的读者受到了感染。

在被动交流过程中,读者则反过来居于一种主动的地位。读者对文本所传递的信息并非一味地被动接受,而是结合自身的经历和理解,对"隐含作者"的形象提出质疑。这一过程也可以在叙事交流过程的修正模型图中得到充分的描述:读者居于交流的源头,通过对文本的解读,对"隐含作者"进行再阐释,进而对真实作者产生影响。最终,读者和真实作者共同作用,赋予"隐含作者"新的涵义。

如前所述,辛格通过几乎所有的短篇小说建立了相对积极稳定的隐含形象,借助这种"隐含"的形象,辛格表达了他对犹太民族前途和命运的深切忧虑。有的批评家对辛格坚持用意第绪语进行创作给予了高度的评价,甚至对他冠以"意第绪语霍桑"的美誉。(Alexander, 1990:xii)以欧文·豪为代表的一些重要的文学家和评论家对辛格也都不吝褒扬之词,认为他突破主流意第绪语文学的局限,达到了一个新的高度。但是这一形象却并不为所有人接受,不少意第绪语学者站在了辛格的对立面,就"犹太性"问题对他提出了尖锐的批评。在他们看来,辛格的小说似乎总是刻意地扭曲犹太人,将犹太人描写成一个狭隘、愚昧和落后的群体。不仅如此,他还在小说中借助人物与上帝进行无休止的争吵,不断地质疑上帝的存在。里奥·维瑟第尔曾非常尖刻地评价道:"他已经在文学中实施了一种了不起的报复:尖酸刻薄地将犹太生活描写成屈从于魔鬼、怀疑,将犹太人描写成一群异乎寻常的、任性固执的群体。"(Wieseltier, 1978)还有些批评家对辛格在小说中毫无顾忌地描写性和欲望等主题非常不满。弗兰克认为:"即使他最好的作品也会滑入怪诞、病态与反常。他的作品有过多的性描写,且常常用得不得当。"(Frank, 1965: 1)

当辛格的隐含作者形象受到质疑时,他为维护这一形象做出了积极努力。辛格一次在接受伯金的采访中,谈到犹太人的"同化"问题,并借此表达了自己对"犹太性"的看法,以维护自己短篇小说中的"隐含作者"形象。他坚持认为自己没有被同化,因为他一直在说着犹太人古老的语言——意第绪语。

> "嗯,我不像我的父母那样虔诚,所以从宗教信仰的角度来说,你可以说我被同化了。但是从文化的角度来讲,我没有。我和我的人民在

一起。我的犹太性不是什么可耻的事情，恰恰相反，我对此感到很自豪。我总是不断地强调自己是个犹太人，描写犹太人，用犹太的语言写作。我已经开始用希伯来语[1]写作。"（Singer，1985：60）

辛格对"犹太性"的阐释，也是对那些质疑他犹太身份的人最好的答复。他的这种立场与他本人对文学民族性的理解有着千丝万缕的关联。辛格在青少年时期很早就接触到了像托尔斯泰这类的文学大家，在为他们高超的艺术手法所折服的同时，他也被他们深深地植根自身民族的艺术气质所感染。辛格一方面对那些带有强烈民族记号的作家心向往之，另一方面对那些自身民族标记不明晰的作家提出了尖锐的批评。如对另一位犹太作家卡夫卡，辛格就毫不客气。辛格认为他否认自己犹太作家的身份，失去了一个作家甚至是一个人最起码的尊严，"一个犹太作家一旦否认自己的犹太性，那么他就既不是犹太人，也不属于任何群体"。（Singer，1985：62）除此之外，辛格还利用其他任何可能的机会为自己的"隐含作者"形象进行积极的辩护，如他在另外一次访谈中说道，他并不遵循意第绪传统写作，因为"意第绪传统是忧伤的和激进的"，而他"既不是忧伤主义者，也不是激进主义者"。（Maddocks，1967：46）

在辛格自己看来，尽管他在很多作品描写了犹太民族的阴暗面，刻画了很多犹太社会中的妓女、小偷之类的反面人物，但他这样做更多的是希望通过作品唤醒所有的犹太人，不要忘记自己民族所遭受的各种不幸，警惕"即将到来的危险"。他对上帝的质疑和诘问，也是对犹太传统文学的严格遵循。关于这一点，乔国强（2008）曾做过深入的研究，并从宗教哲学的角度提出了富于新意的看法。在他看来，犹太教其实就是一种思辨的宗教，允许其教民不断地提出问题，并加以辨析以达到正确或加深的理解。因此，辛格在其作品中不断同自己信仰的上帝"争吵"，其实是忠实地履行了自己作为信徒的权利而已。犹太宗教哲学对上帝的戒律大加赞赏，却否认上帝的本质。人们不断地争吵和否定，目的是要将上帝从世俗万物中提升出来。其次，辛格在其他美国犹太作家拒绝承认自己的犹太作家身份的时候，坦然地宣称自己是犹太作家，因为他在揭露犹太民族自身弱点的同时，也深深为自己民族所具有的顽强生命力所折服。再者，从辛格的创作主题来看，

---

1 希伯来语"sabra"意为"土生土长的以色列人"，是犹太人的民族语言，是世界上最古老的语言之一。它属于中东闪含语系闪语族的一个分支，没有元音字母，只有 22 个辅音字母，其文字从右往左书写。

他在作品中所描写的意象、场景、人物，无不是与犹太的或与犹太人相关的。如果没有对自己民族的热爱，是无法将犹太文化如此生动逼真地展现在读者面前的。因此，一味地否认辛格的"犹太性"，无视辛格在作品中展示出来的全部主题，特别是对辛格作品中洋溢着的犹太宗教特点和文化氛围视而不见，是不公正的。辛格的解释和读者的评论正面交锋、相互交融，为"隐含作者"的意义构建共同发挥了作用。

很多读者包括研究者对于辛格短篇小说中的"笃信鬼神力量"的隐含形象并不是一味地接受，而是多次在访谈中向辛格发问，积极地求证此事。可能是因为被追问的次数太多，或是出于对自己作品的辩护，辛格经常不得不含糊其辞地做出答复。"我存在的这个事实对我来说就是个神秘的事情。我也许不会相信圣书里写的东西，但我感觉到神秘的造物主就在我们身边。我们生活在神秘中。"（Turan，1976：29）

读者的参与在客观上往往会赋予"隐含作者"新的意义。谭君强（2008）提出，读者绝不是叙述文本意义传达过程的最后接受者，而是在"制造"着与文本不同的意义。辛格在短篇小说中成功塑造了一个"相信神秘力量"的隐含形象，但是对很多生活在科技高度发达的现代社会的人来说，让他们相信真实的辛格就是一个"充满怀疑的"和"神秘的"人，抑或让他们相信辛格故事中神秘的人和事都与现实存在着某种必然的联系，是有一定难度的。或许是为了让更多的人不再为此纠结和辩论不休，辛格在接受伯金的访问时又做出了另一番解释：他喜欢用魔鬼和超自然的故事作为题材，一是因为这是一种非常经济的做法，可以更好表现自己所要表现的主题。例如以撒旦或魔鬼作为象征，作家可以融入很多因素，可以相对自由和直接地表现主题，不受现实人物关系的束缚，这一特点在短篇小说中表现得尤为突出。二是在他看来，撒旦和魔鬼其实人类自身的真实写照，它们所生存的世界其实和我们的世界没有两样。所有人类的本性都有邪恶的一面，只不过有些人暴露得更加充分，比如二战时期希特勒的行为和魔鬼的行为究竟有何区别？在现实世界里，善恶此消彼长，善也并不总能战胜恶。（Singer，1985）辛格的这番解释满足了一部分理性读者的需要，同时也为"隐含读者"增添了新的意义。

由此看来，读者（包括研究者）在隐含作者的形象构建过程中也起到了重要的作用。每当在谈及作者的时候，读者往往不自觉将某些思想品质强加于作者身上，甚至有意淡化真实生活中的作者形象，认为文本反映出的作者形象就是真实生活中的作者形象。这个普遍存在的现象充分说明，读者在构建"隐含作者"形象时发挥着积极的作用。

通过以上的分析，我们可以得出结论：文学作品的叙事交流过程不是单向流动的，而是双向的。一方面，作者在创作过程中会将相关的信息进行编码，并尽可能地通过隐含作者和文本将这些信息传递给读者。另一方面，读者并非单纯地对文本中隐含的信息全部接收，而是进行积极的解读。读者在进行解读的过程中会有选择地接受其中的一部分信息，而忽略掉其他信息（这也是为什么不同的读者心中会有不完全相同的读者形象，而所有读者对作者的理解又和作者本人的理解有差异），或是对文本中隐含的信息进行积极的求证。

在对辛格的隐含作者形象进行构建和解读的过程中，无论是作者本人，还是读者和评论家，都发挥了积极的作用。这些因素和文本之间的相互作用，正是叙事学所关注的焦点。首先，辛格作为作者，尽力在他的短篇小说中融入带有明显个人色彩的宗教信仰、价值观等因素，积极构建一个完整统一的"隐含作者"形象。同时，辛格还通过访谈、讲座等各种形式，对"隐含作者"的形象加以阐释，进一步明确"隐含作者"的真实含义。另一方面，评论家和普通读者则通过各种形式的评论，对文本所折射出的作者形象进行解读，并通过各种渠道对这一形象积极求证。可以说，围绕辛格"隐含作者"这一核心，作者、文本、读者之间进行了有效的交流。尤其是当出现争论的时候，这种交流和互动则显得更加充分。

第二节　热情的"说书人"与冷眼的"旁观者"

辛格的短篇小说在文本层次的叙事交流任务主要是通过叙述者完成的。叙述者是作者创造的第一个角色，他一方面替作者出面进行叙述评说，一方面引导读者阅读行为，帮助读者加深对故事的理解。叙述者在作者、人物事件、读者之间建立起了密切的联系，为文学作品交流功能的实现起到了重要的桥梁作用。赵毅衡曾高度评价叙述者的作用："叙述者身份的变异，权力的强弱，所起作用的变化，他在叙述主体格局中的地位的迁移，可以是考察叙述者与整个文化构造之间关系的突破。"（赵毅衡，1994：1）辛格的短篇小说数量众多，叙述者在叙事交流过程中的表现和作用也各不相同。本节将首先对辛格短篇小说中的叙述者进行分类，继而对叙述者在辛格短篇小说交流中的表现和作用逐一进行阐述。

如何对叙述者进行分类，一直是让叙事学家头疼的事情。两位叙事学的主要先驱布思和热奈特在他们的论著中分别论述了这个共同关注的问题，并且提出了相近的分类方法。布思在《小说修辞学》中先是对使用"人称"进行分类的做法提出严厉的批判，认为"说出一个故事是以第一人称或第三人称来讲述的，并没有告诉我们什么重要的东西"，继而提出可以将叙述者分为"非戏剧化的叙述者"和"戏剧化的叙述者"。（布思，2009：168-169）布思对叙述者分类的依据取决于叙述者是否以戏剧的角色参与故事。如果叙述者以剧中人物的身份出现在故事中，那他就可以被称为戏剧化的叙述者；反之，则被称为非戏剧化的叙述者。热奈特也反对按照人称对叙述者分类，认为"从定义上来讲任何叙事都有可能用第一人称进行"。（热奈特，1990：172）与布思采取的两分法类似，热奈特也将叙述者分为同故事叙述者和异故事叙述者。当叙述者在他讲述的故事中出现，那他就可以被称作同故事叙述者，反之则被称作异故事叙述者。与布思不同的是，热奈特还在分类时考虑到了叙述者所处的叙述层次，并据此将叙述者分类四类：故事外—异故事叙述者、故事外—同故事叙述者、故事内—异故事叙述者，以及故事内—同故事叙述者。其中故事外叙述者并非处于故事之外，或是与故事无关，而是指叙述者处于叙述的第一层次，担当第一层叙事任务。相应地，故事内叙述者则是在故事中担当叙事任务的叙述者，处于叙述的第二层次。

比较之下，热奈特的分类方法更为科学，不仅考虑到了叙述者是否参与故事，也考虑到了叙述者所处的位置。热奈特所列的四种叙述者在辛格的短篇小说中都一一出现过，下面仅以 1982 年出版的《艾萨克·巴什维斯·辛格短篇小说集》中 47 篇短篇小说为例，展示辛格短篇小说中的叙述者类型：

《傻瓜吉姆佩尔》：故事外—同故事叙述者

《克拉克的绅士》：故事外—异故事叙述者

《欢乐》：故事外—异故事叙述者

《小鞋匠》：故事外—异故事叙述者

《看不见的人》：故事外—异故事叙述者

《市场街的斯宾诺莎》: 故事外—异故事叙述者

《科里谢夫的毁灭》: 故事外—异故事叙述者

《泰贝利和她的魔鬼》: 故事外—异故事叙述者

《孤独》: 故事外—同故事叙述者

《彦陶: 犹太宗教学校的男孩》: 故事外—异故事叙述者

《教皇蔡得勒斯》: 故事外—同故事叙述者

《最后一个魔鬼》: 故事外—同故事叙述者

《短暂的星期五》: 故事外—异故事叙述者

《降神会》: 故事外—异故事叙述者

《屠夫》: 故事外—异故事叙述者

《死人费德勒》: 故事外—异故事叙述者

《地狱之火海恩》: 故事外—异故事叙述者

《写信人》: 故事外—异故事叙述者

《卡夫卡的朋友》: 故事内—异故事叙述者

《咖啡馆》: 故事外—同故事叙述者

《玩笑》: 故事外—同故事叙述者

《力量》: 故事内—同故事叙述者

《那里有点什么》: 故事外—异故事叙述者

《羽毛的皇冠》: 故事外—同故事叙述者

《康尼岛的一天》: 故事外—同故事叙述者

《东百老汇的犹太神秘学者》: 故事外—同故事叙述者

《可劳普斯道克的一句名言》: 故事内—同故事叙述者

《边舞边跳》: 故事外—异故事叙述者

《外公与外孙》: 故事外—异故事叙述者

《老有所爱》: 故事外—异故事叙述者

《仰慕者》: 故事外—同故事叙述者

《嚎叫的小牛》: 故事外—同故事叙述者

《两姐妹的故事》: 故事内—同故事叙述者

《三次奇遇》: 故事外—同故事叙述者

《激情》: 故事内—同故事叙述者

《甲虫老兄》：故事外—同故事叙述者

《以色列的叛徒》：故事外—同故事叙述者

《心灵之旅》：故事外—同故事叙述者

《手稿》：故事外—同故事叙述者

《黑暗的力量》：故事外—同故事叙述者

《旅游巴士》：故事外—同故事叙述者

《救济院的一晚》：故事内—同故事叙述者

《逃离文明》：故事外—同故事叙述者

《范维尔德·卡瓦》：故事外—同故事叙述者

《重逢》：故事外—异故事叙述者

《邻居》：故事外—同故事叙述者

《月亮与疯狂》：故事内—同故事叙述者

由以上的分析不难看出，辛格短篇小说中的叙述者类型丰富多变，不仅频繁地出现了"故事外—异故事叙述者"（19篇，占40.4%）、"故事外—同故事叙述者"（21篇，占44.7%）这两类常见的类型外，还较多地使用了"故事内—同故事叙述者"（6篇，占12.8%）。依据热奈特的叙述层次理论，后一种叙述者通常出现在叙述的第二层，讲述与己有关的故事，代表作品如《两姐妹的故事》、《咖啡馆》等等。辛格还在短篇小说中尝试使用"故事内—异故事叙述者"（共1篇，占2.1%），叙述者同样出现在叙述的第二层，但讲述的故事与己无关，如《卡夫卡的朋友》。

辛格短篇小说中的故事内叙述者身份多变，既可以是没落的艺术家（如《卡夫卡的朋友》中的科恩）、诗人（如《两姐妹的故事》中的里昂）和行为荒诞的作家（如《可劳普斯道克的一句名言》中的柏斯基），也可以是生活在社会底层的乡村大妈（如《弄妖术的人》中的延特尔姑妈）、流浪者（如《打赌》中的访客）等等。这些叙述者如同"说书艺人"一样，利用一定的场所（如咖啡馆、救济院等），摇唇鼓舌，面对听众讲述故事。分析辛格的创作历程可以发现，辛格在短篇小说中选择"说书人"担任叙述者是一种非常自然的过程。在犹太人的日常生活中，"讲故事是生活的一部分，因为他们不看报纸，也很少有人看书。讲故事就是他们的文学、戏剧、电影和电视"。（Stavans，2004：9）辛格从小浸润在犹太传统文化生活中，对于犹太历史中的大量传说、寓言、智慧和迷信耳熟能详。在他外祖父生活的小镇毕尔格雷有一个救济院，辛格经常去那里听故事。因此可以说，辛格短篇小说中的故事内叙述者就是脱胎于犹太人真实生活中的"说书人"，故事讲述的方式也是真实生活场景的直观反映。在日常生活中，辛格喜欢接触各种类型的人，听他们讲自己的故事，他的短篇小说某种程度上就是他触碰到的犹太生活的真实再现。

从叙事交流的角度来看，故事内叙述者在讲述中直接面对受述者，将故事娓娓道来，还不时地和受述者进行着沟通和交流。随取《力量》为例，故事内叙述者是一位自称具备神奇力量的犹太商人，讲述自己经历的一系列灵异事件。叙述者和所有生活中讲故事的人一样，在讲述中不断地陷入回忆，又不时地回到现实；叙述虽滔滔不绝，但条理并不甚清晰，所用的语言也非常朴实。在开始和结尾部分，叙述者还和受述者进行了一定的交流。在叙述的中间部分，受述者尽管没有开口，但叙述者一直以"你"相称，时不时地跳出故事，与受述者进行沟通，并试图取得受述者的认可。

"说书人"风格在故事外—同故事叙述者身上也得到了充分的体现。叙述者在叙事的过程中不仅充当故事的组织者，对故事内容进行评论和说教，而且还以各种形式与读者进行亲切的交流。在一篇名为《边舞边跳》的短篇小说中，故事的讲述者在开头即发表了一个论断：房子有时候和住在里面的人有某种奇特的相似之处。在简单交代了人物背景之后，叙述者又主动邀请读者参与故事的讲述：让我们再回到那所房子吧。在整个故事的讲述过程中，叙述者不断地跳出故事情节，向读者主动交代故事的来源，解释人物之间复杂的关系。叙述者还在叙述的过程中留下了很多未解之谜，以此向读者表明自己和其他所有讲故事的人并无区别，虽亲历其事，但也并不能掌握所有的信息。

故事外—异故事叙述者即通常所指"第三人称"叙述，叙述者身处叙述的第一层，采用第三人称讲述他人的故事。在辛格的短篇小说中，这类叙述者被大量采用，尤其是较多地用在与传统犹太社区生活有关的故事中。通常来说，故事外—异故事叙述者在叙述过程中倾向于保持客观冷静的立场，以相对超然的态度呈现故事，与读者保持一定的距离，并不会轻易地流露个人情感或对故事进行主观上的评说，现代小说尤为如此。但是与许多现代作家不同的是，辛格对故事外—异故事叙述者的处理采取了更为积极的态度，使得这类叙述者同样呈现出一种"说书人"的叙事风格。尽管与故事内叙述者和故事外—同故事叙述者相比，故事外一异故事叙述者在叙述过程中并不会和读者和受述者直接进行语言上的交流，但在阅读这类故事的过程中，读者仍然能够非常真切地感知到叙述者的存在。其中一个主要的原因就是这类风格的叙述者和真正的说书人一样，在叙述中毫不掩饰个人情感，处处体现"自我意识"，可以让读者充分感知他的存在。

故事外一异故事叙述者的"自我意识"可以有很多种表现方式，其中之一是借助场景描写。在某些小说的开篇，辛格喜欢以饱含热情的场景描写开场，如《克拉克的绅士》的开头有这样两段描写：

> 在浓密的树林和深深的沼泽之中，在一个几乎靠近山顶的山坡上，有一座叫弗拉姆波尔的小村庄。没有人知道是谁建造了它，为什么建在了那儿。山羊站在已经快陷入墓园地下的墓碑中，呆呆地凝视着。在会堂里有一张羊皮纸，上面记载了年代大事，但第一页弄丢了，而且字迹也模糊了。民间流传各种传说，这些传说围绕着一场邪恶的阴谋，与一个疯狂的贵族、一个荡妇、一个犹太学者和一只疯狗有关。但是这些传说的真实版本早就丢失了。

> 在周边种地的农民非常贫穷，土地也非常贫瘠。在村子里，犹太人一贫如洗：房子是草顶的，地面是用泥做的。夏天很多人不穿鞋，在寒冷的天气里他们就用破布裹脚，或是穿草鞋。（Singer, 1982: 15）

这两段描写充分地体现出叙述者对犹太传统生活场景的无限追思。在第一段描写中，叙述者的叙述内容是围绕村庄的历史渊源展开的：村庄—山羊—羊皮书—传说。这段描写中的语言呈现出明显的跳跃性，逻辑也非常不严密。但这种叙事特点正是"说书人"叙述者所具备的一种风格，是说书人讲故事时的一种临场表现。叙述者用一种费尽心力、回忆往事的表现方式，将记忆中有关故乡的点点滴滴碎片般地呈现在读者面前，既增加了叙事的可信度，也让读者明确感受到了叙述者的存在。在第二段描写中，"说书人"叙述者对描述对象流露出强烈的个人感情色彩，对村中犹太人的贫穷与落后表现出明显的怜悯之情。叙述者在叙述过程中丝毫不掩饰他的真实情感，似乎有意让读者体会到叙述者的心境，制造出一种感同身受的效果。尽管读者无从揣测作者和故事中的村庄到底存在怎样的联系，但有一点可以确定，辛格笔下几乎所有的人和事都是属于犹太族群的，而辛格对犹太族群的态度也是非常明确和连贯的。因此可以说，辛格在一种民族情感的支配下，使得故事外—异故事叙述者放弃超然的叙事态度，在讲述过程中直接而浓烈地表达情感，毫无顾忌地表现"自我"的存在。

通过以上分析发现，辛格许多短篇小说中的叙述者具备了一种"说书人"的叙事风格，并借助这种风格的叙述者有效地实现了与读者的交流。"说书人"叙述者或是以"讲故事"的形式，或是在叙事过程中的直接表露情感，将作者、故事和读者紧密地联系在一起。读者本来是"冷眼旁观人"，被动地接受故事中的一切，但故事讲述者语言上的主动交流和情感的真实流露，却能够有效地感染读者，促使读者由"旁观者"变为"参与者"，成为故事的个中人，从而对故事的理解变得更为主动和自觉。（孟昭连，1998）

与热情的"说书人"相对，辛格的另外一些短篇小说采用的叙述者显得非常冷静和客观，可以被称为"冷眼的旁观者"。这类叙述者通常出现在具备两个叙述层次的故事中，在叙述中担任第一层次的叙述者。如前所述，在《两姐妹的故事》、《克劳普斯道克的一句名言》、《卡夫卡的朋友》等短篇小说中，主要的叙述人物交由第二层叙述者——故事内叙述者完成，而第一层的叙述任务则交由另一位叙述者完成。热奈特在对叙述者进行分类的时候并没有明确提到这类叙述者，也没有对他命名，但他实际上是存在的，其主要任务是对故事内叙述者的叙述行为进行叙述，同时担任第二层叙述的受述者。为了论述的需要，本书暂且将其命名为"第一层叙述者"。在以第二层叙述为中心的故事中，第一层叙述者的叙述作用并不明显，他在更多的时候只是充当故事的倾听者，有时甚至一言不发，任由第二个层次中的故事内叙述者自顾自地讲述。例如在《卡夫卡的朋友》的中间一段，有长达四页的篇幅完全是叙述者雅各·科恩独白式的叙述，第一层叙述者"我"则完全保持沉默。与"说书人"叙述者相比，这类"旁观者"叙述者的交流功能似乎非常有限，其作用和地位几乎微不可察。但是，从叙事交流的整个过程来看，第一层叙述者的存在非常重要，他以受述者的身份配合第二层叙述者，实现完整的第二层叙述交流过程。在叙述过程中，他还代替读者不时地向说故事的人发问，自然地推动叙事的进程。读者在阅读的过程中，会不自觉地受到这种"一问一答"的"讲故事"形式的影响，甚至可能与第一层叙述者发生位置互换，主动担任受述者的角色，与第二层叙述者（故事内叙述者）进行交流和互动。

在一些采用故事外—同故事叙述者的故事中，叙述者尽管参与故事，但并不是主要人物，对故事的发展演进起到的作用也非常有限，这种风格的叙述者也呈现出"旁观者"叙述者的特点。例如在短篇小说《玩笑》中，故事的情节发展主要依赖出版商班代尔和犹太学者瓦尔登博士的行为来推进的，叙述者"我"只能来回穿插于主要人物之间，起到一点缓冲情节的作用。同样，在《旅游巴士》中，叙述者"我"虽与几个主要人物之间都建立了联系，也参与了故事的主要情节，但是"我"的言行并不会成为推动故事发展的主要动力。作为故事中的人物，尽管"我"见证了几乎所有的重要事件，但是"我"的身份和思想却并不清晰；"我"像是站在黑暗的角落，默默关注着故事中的人物。"我"对主要人物的思想和一些行为也不知情，必须依赖主要人物的告知，才能弄清一些重要的细节。这类以"旁观者"的立场来讲述故事的叙述者，虽然在表面上和读者之间的交流并不明显，但与"说书人"相比，他们的交流方式更能够激发读者探求故事情节的兴趣，引导读者深入故事。读者在阅读故事的过程中，可以非常自然地和叙述者融合，甚至化身为故事的叙述者，冷眼旁观故事主要人物或起或浮、或悲或喜。在这种情形下，叙述者与读者之间达到了某种默契，叙事作品的交流目的也充分实现了。辛格的这种"旁观者"风格源于他的一种创作态度，他坚持认为作家应该更多关注外部世界的变化、人类的性格和情感尤其是爱情，而不仅仅关注自己。(Singer, 1985)

无论是"说书人"叙述者，还是"旁观者"叙述者，他们在叙事交流过程中一个共同的表现为身份的不确定。辛格短篇小说中的"说书人"叙述者身份多变，有作家、乡下大妈、傻瓜，甚至还有魔鬼，其中较为突出的一种叙述者是老年的女性叙述者。辛格喜欢选择这类叙述者，是因为在传统的讲意第绪语的犹太人中，讲故事的人不是哈西德教徒就是年老的妇人。在辛格看来，老年女性叙述者非常适合担当故事的叙述者，因为这些人绝不是怀疑论者，他们相信超自然的东西，不认为讲述的故事都只是虚幻。(Singer, 1985) 另外，这类叙述者源自真实而普通的生活，可以采取一种非常形象自然的方式来讲述故事，非常符合辛格的需要。这类故事叙述者受到许多读者的认可，和辛格短篇小说中的故事人物一样，同样成为了经典的形象。但是，另外一部分理性的读者和评论家却对这类叙述者的身份产生了怀疑，认为他们所讲述的故事大多为无稽之谈，由此也削弱了辛格短篇小说的现实基础。

这样的叙述者对所描述的人物和事件是否带有某些"偏见"？这些"偏见"是否会使叙述者和隐含作者产生某种隔阂和偏差，因而显得不可靠呢？让我们考

察其中的一篇《教皇蔡得勒斯》。在这个故事中，"魔鬼"叙述者在开篇就交代了
小说的主旨：

> 在古时候每一代都有一些人是我——邪恶的魔鬼用常规的方式无法
> 腐蚀的，要想引诱他们去谋杀、淫乱和抢劫是不能的。我甚至无法让他
> 们停止学习法律。只有一种方式能够进入他们高贵的灵魂影响他们内心
> 的激情：利用他们的虚荣心。（Singer，1982：170）

这段话是"魔鬼"对人类的评价，语言冷酷而直接，但却完全可以代表作者
的观点。故事主人公蔡得尔清心寡欲，饱读经书，是一个正直无私且又自视清高
的人。他将几乎所有的精力都投入到学习中了，对生活和家庭漠然置之。魔鬼奉
命被派到他的身边，引诱他背叛犹太宗教，皈依基督教。几经尝试并屡屡失败以
后，魔鬼采用奉承迎合的方式，充分利用蔡得尔的虚荣心，成功诱使他改变信仰，
转投基督教。在最初的激情退去之后，蔡得尔发现了基督教教义的诸多缺陷和不
足，形式大于内容。为了能够成就自己的伟大，蔡得尔潜心研究基督教经典，却
终究一无所获。他感到了极度的失望和悲观，精神逐渐陷入崩溃的边缘，甚至对
所有的宗教信仰产生怀疑。最后在病痛和绝望中，蔡得尔的灵魂被魔鬼带走，自
己也成为犹太人永远的笑柄。在这个故事中，叙述者魔鬼是邪恶的化身，它对人
性的理解应该是有悖于常理的，因此经它口中讲述的故事也应该是不可靠的。在
故事中，叙述者对犹太宗教经典进行了猛烈的攻击，对犹太人更是毫不留情，认
为他们渺小卑微且嫉妒心重，对伟大的人和物没有任何的包容。故事的主人公由
于宗教信仰不坚定，同样受到批判。叙述者用幽默辛辣的语言，对蔡得尔的言行
极尽讽刺和嘲笑。但是我们不能据此就判断叙述者是不可靠的，因为这里"魔鬼"
对犹太人和犹太宗教的态度恰恰是和隐含作者一致的，符合作者的一贯立场。辛
格曾说过：

> 我对犹太人了解最多。我认为在过去两百年里——从犹太性的角度
> 来看——我们退步了，而不是进步。不管怎样，对于我来说，20世纪在
> 道德和信仰上没有任何进步。（Singer，1985：91）

我们将《教皇蔡得勒斯》与《那里有点什么》进行比较，可以发现两者在主
题思想上是一致的，只是前者语言更加犀利。因此，"魔鬼"叙述者并非不可靠。

49

相反，选择"魔鬼"作为代言人实际上和选择一个普通农妇没有太大的区别，只是为了能够更加直接地表达作者的意图。在《教皇蔡得勒斯》这类故事中，"魔鬼"可以非常便利地揭露人性的灰暗邪恶的一面，直指人心，酣畅淋漓，让读者大呼过瘾。

布思是最早提出可靠的叙述者与不可靠叙述者之分的。他认为："当叙述者为作品的思想规范（亦即隐含的作者的思想规范）辩护或接近这一准则行动时，我把这样的叙述者称之为可信的，反之，我们称之为不可信的。"（布思，1987：178）。布思还分析了某些作品虽然以冷嘲热讽的语气进行叙述，但并不构成不可信。真正不可靠的叙述者在价值、判断、道德意识等方面可能与隐含作者不同甚至相悖。"应该将不可靠一词保留给这样的叙述者，这些叙述者装作似乎他们一直在遵循作品的思想规范来讲述，但他们实际上并非如此。"（谭君强，2008：69）

表面上看，这些"说书人"叙述者包括傻子、乡村大妈、儿童等等，他们的心智和见识非常有限，对待故事的理解和看法不失偏颇。就事件的真实性来说，他们所讲述的故事是经不起考验的，许多故事都与鬼神巫术有关，与现实世界相去甚远。尽管辛格本人曾公开宣传相信"神秘力量"的存在，但对大多数相信科学的读者来说，这些事情都是无稽之谈。事实上，按照辛格的观点，选择讲述这类故事的目的很简单：一是为展现原汁原味的传统犹太生活，而是为了增加故事的娱乐性。辛格的童年就是在讲故事的氛围中度过的，故事中的情景实际上是他童年生活的再现，是最真实的犹太生活的缩影。我们在阅读故事的时候可以与这些故事叙述者产生强烈的共鸣，极易联想起童年时期听大人讲鬼故事的美好时光。至于文学作品的娱乐性则是辛格一贯坚持的原则。对他来说，小说和报纸上的各种评论一样，都是一种闲话，其主要功能就是为了增加人们生活的乐趣而已。（Singer，1985）

所以，辛格在讲述这类故事的时候，首要考虑并非故事事件的真实性，而是这些故事自身的娱乐性，以及对传统犹太生活的展示。起用这些乡土气息很浓的叙述者还有一个好处，就是可以原汁原味地展现民间故事的魅力。辛格非常小心地选择了一些生活在犹太社区底层的普通人作为叙述者，以此拉近作品与读者之间的距离。因此可以说，辛格短篇小说中那些看似不靠谱的叙述者实际上都是可靠的，因为他们忠实地服务于辛格的叙事目的，为辛格作品的成功立下了汗马功劳，他们和辛格故事中其他形形色色的人物一起，成为了永恒的经典。至于他们所讲述故事的真实性则完全不在考虑之中，因为叙述者的可靠与否与事件真实与否无关。（谭君强，2008）。

辛格的诸多短篇小说中存在大量以"旁观者"叙述者进行叙述的作品，其中有一些叙述者以作家的身份参与故事，非常接近作者的真实身份。辛格坚持采用作家身份作为叙述者的做法，是一种"展现他的犹太性的非常便利和有效的途径"。（Qiao, 2003：179）从大的创作背景来看，辛格的短篇小说主要描写生活在两个历史时空的犹太人，一个是传统的波兰犹太社区，另一个是现代的美国社会，而这两个时空正是作者最真实的生活背景，辛格的所有思想、价值观和人生观都是在这两个有着天壤之别的社会背景下形成的，而他对犹太人和犹太民族的关注和忧虑，已经成为他的作品的一个最明显的标记。因此，从这个意义上说，辛格短篇小说中的"我"在很大程度上是真实辛格的代言人，是可信的。可以说，正是因为辛格选择了讲述"自己的故事"，才使得几乎所有的短篇小说都带有明显的"辛格标记"，也使得小说中故事外的叙述者似乎也有了隐约可辨的形象。关于这一点，辛格曾说过这样的话：

> 每位作家都要描写他自己的主题，即与他的激情和思想有关的东西。这样能让作家更有魅力，更能显示他的才华。只有业余的作家才会什么主题都写。无论他走到哪儿，只要听到了一个故事——不管什么故事——很快这个故事就会变成他的故事了。真正的作家只写一些与他的个性、性格和看待世界的方式有关的故事。（Burgin, 1986: 87）

正是因为辛格几乎总是以作家的身份出现在他的小说中，读者可以非常容易地相信叙述者的可靠性，并根据故事中叙述者的评价来直接推测作者本人的观点。例如，在《心灵之旅》中，辛格借叙述者之口委婉地表达了他对以色列的看法；在《旅游巴士》中，辛格则通过叙述者表达了他对在"二战"遭受创伤的犹太妇女既同情又批判的态度；在《两姐妹的故事》中，辛格还传递了他对苏联共产党某些行径的强烈不满。在更多的小说中，辛格都是以作家的身份参与并讲述各种离奇而又真实的故事，并不断地表达他对犹太人的宗教信仰、犹太人的历史文化，以及犹太人的生存状态等问题的观点和态度。

第三节 叙述者在《地狱之火海恩》
和《胡子》中的交流作用

为了进一步说明叙述者在辛格短篇小说中所发挥的交流作用，本节将随机选取两篇故事，分别针对"说书人"叙述者和"旁观者"叙述者，详细阐述叙述者的交流机制。

热奈特在其《叙事话语 新叙事话语》中将叙述者的职能分为五种：第一是叙述职能，这是叙述者的首要职能，任何叙述者离开这个职能便会同时失去叙述者的资格。第二是管理职能，叙述者利用某种元语言话语指明作品内在的结构，包括如何划分篇章，如何衔接，以及相互之间的关系。这种职能在他 1980 年出版的《故事与话语》中被称为叙述者的干预职能。第三种职能是交际职能，叙述者直接面向受述者，必须时刻注意和他建立和保持联系，甚至和他直接进行对话。叙述者与受述者保持这种交流表面上是为了让后者倾听其讲述，真正的目的是要引起隐含读者的关注，保持住隐含读者的兴趣。更重要的是，叙述者还作为隐含作者的代表，直接向读者传递与隐含作者思想价值有关的信息。第四种职能被称为证实或证明功能。这个职能说明叙述者在多大程度上以该身份介入到他讲的故事，他和故事有什么关系。当叙述者指出获得信息的来源，本人回忆的准确程度，或某个插曲在他心中唤起的情感时，该关系就表现为单纯的见证。第五种职能被称为思想职能，也被称为说服功能。叙述者对故事的直接或间接的介入也可采取对情节作权威性的解释的、说教性的形式，以使隐含读者接受其叙述。思想职能还包括叙述者对故事人物和事件所作的价值、规范、信念等方面的评价和判断，促使隐含读者按照他所给定的意义对事件和人物加以理解。（热奈特，1990）

热奈特的这五种职能之间界限并非泾渭分明，而是相互掺杂、相互依靠。除第一种职能外，其他几种职能也并非不可或缺。本书作者以为这五种职能其实都可归结一种职能，即交流职能。这是因为所有的作者都是希望通过叙事文本向读者传递某种思想、信念、价值观，或是让读者分享他的某种感情，作者的创作就是要利用各种技巧来实现这一目的。具体来说，当叙述者发挥管理职能，尽可能合理地安排章节，在必要的地方穿插交代背景信息，或是对文本进行评论的时候，目的就是希望能够最大程度上降低书面文本与其他媒介相比天生的不足，让读者能够便利顺畅地接受叙事文本，不至于因为叙事文本本身的缺陷或是不完整使得作品和读者之间的交流受到阻碍。叙述者的证实或证明职能也是同样的目的。当叙述者在叙述过程中交代自己的信息来源，或是叙说某个情节在他心中唤起的情感时，实际上是想要增加情节和人物的可信度，让受叙者和隐含读者增加对人物和情节的理解。当叙述者发挥思想职能时，对人物和情节大发感慨、评头论足，目的是要对作品的主题思想进行必要的提炼和升华，增加作品的深度和思想性，再借助文字传递给读者。因此综合来看，可以把热奈特所论述的五种叙述者职能合而为一，即交流职能。叙述者讲述故事的最终目的是为了能够和读者进行某种思想上的交流，在读者心中引起某种共鸣。

首先考察辛格的一部短篇小说《地狱之火海恩》，展示"说书人"风格的叙述者如何在辛格短篇小说的叙事过程中发挥的交流作用。这个故事的叙述者是主人公海恩的一个邻居，她为读者讲述了一个不同寻常的故事。海恩是一个非常容易发怒的人，不管别人跟她说什么，不管说话的人如何小心翼翼，她都会马上翻脸。她高声尖叫，挥舞着拳头，疯了一样不停打转。她的脸会因为发怒瞬间变得惨白，如果你试图为自己辩护，那她就准备把你生吞了。她怀疑所有人，整天骂骂咧咧。她有四个女儿，但每个孩子都不愿和她生活在一起，一长大就纷纷远嫁他方。她的丈夫在和她生活了二十年之后，终于也忍无可忍，离家出走了。在所有的家人都离她而去之后，海恩变得更加疯狂。她和所有人结怨，与全世界为敌。为了谋生，她不得不靠卖鱼为生，但是谁敢去买她的鱼呢？所有人都像躲避瘟疫一样躲着她，她甚至和小孩子争吵。终于，为了避免引起更大的麻烦，当局不得不把她送进疯人院。不到半年海恩就被放了出来，但从此变得更加不可理喻，她的命运也变得更加无可挽回。一天深夜，海恩的住所突然起火，火苗四处飞散，点燃了一切可以点燃的东西。更为奇特的是，海恩从此像是受到了诅咒，无论她走到哪里，火就烧到哪里，她也因此得到一个绰号——地狱之火。因为无处安身，海恩不得不求助于拉比。拉比将其安顿在自家的小货摊里，并派家人照顾她。海恩从此像是变了一个人，沉默寡言，甚至不吃不喝。终于，拉比家的货摊还是没能幸免于难，一场大火之后海恩又无家可归了。最后，社区决定为海恩建一座砖房，所有人都施以援手。海恩的命运似乎从此开始转变，邻居们的态度也变得友好起来。但一切都太晚了，海恩最终还是被烧死在自己家里。

在这个故事里，除了基本的叙述职能和管理职能之外，叙述者还发挥了积极的交际职能，时刻和读者保持着良好的交流。叙述者在文中三次亲切地称呼读者"我亲爱的朋友"，分别出现在故事开头、中间和结尾处。这种直接的交流能够拉近作品与读者的距离，让读者迅速融入到叙述者所设定的情境中去。这三次与读者近距离的互动，刚好出现在故事的三个重要阶段，提醒读者故事的重要情节或高潮即将出现，让读者做好心理准备。叙述者第一次直呼读者是发生在故事开始不久，提醒读者注意海恩的家庭变故即将出现：海恩的丈夫由于无法忍受妻子的言行，离家出走了。第二次直呼读者是在故事的高潮即将出现之际，叙述者为了调整紧张情绪与读者进行的互动。第三次与读者的直接交流是在故事即将落幕之际，叙述者再次跳出故事招呼读者，提醒读者故事到此并未结束，海恩的愤怒并未随着肉体的毁灭而消弭，而是继续在给她的乡邻制造着麻烦。

同时，叙述者还不断地向读者发问，鼓励读者进行思考，激发读者参与解读故事的兴趣：

> 一个人怎么会爱上这样一个魔鬼？只有上帝知道。不管怎么说，谁又真正了解男人的心？
>
> 俗话怎么说来着？越过海洋就是另一个世界。
>
> 他们又能了解到什么呢？地狱之火跟着海恩，最终一团火结束了她。（Singer, 1982: 240-249）

通过分析发现，这些问题虽是叙述者向读者提出的，但其实都不需要他们回答，因为有些问题的答案非常明显，而另一些问题的答案在随后的叙述中会很快显示。例如第一个问题是在故事一开始叙述者向读者提出的，这个问题也一直贯穿整个故事，是叙述者希望读者去努力探寻答案的一个问题。但其实叙述者早有答案，即"有些人天生就是魔鬼"。在叙述者看来，这些人生性如此，是环境和友爱无法改变的。或许读者在阅读后可以得出自己的看法，但这并不影响叙述者以提问的方式与读者进行的交流。叙述者向读者提出这些问题，目的只是希望充分调动他们探究答案的好奇心，将他们的注意力紧紧地吸引在故事上面。当读者真正参与其中的时候，作者的交流意图就实现了。

另外，叙述者还充分地发挥了证实的职能。例如当说到海恩如何咒骂丈夫的时候，叙述者交代说自己曾经住在她家旁边，并亲耳听到她对早上出门干活的丈夫吼道："躺着回来！"在描述丈夫离家出走后海恩的疯狂状态时，叙述者不免感慨："我从来没见过那样一张脸，和草一样绿，眼睛往上翻"，以此证实海恩的不可理喻和丈夫当时所受的屈辱。当海恩被警察强行带走的时候，叙述者再一次证实道：

> 我当时在那，当士兵和警察走上前去抓他的时候，她挥起一把短斧与他们对抗。她引起了巨大的骚动，整个镇子都跑来看了。但是一个女人能有多厉害，她被绑起来扔到车上。她嘴里不停地用俄语、波兰语和意第绪语咒骂着，像一头待宰的猪一样声嘶力竭。（Singer, 1982: 242）

当叙述到海恩家里起火的时候，叙述者又非常清晰地向读者交代了信息的来源：有一个住在她家附近名叫科佩尔·克劳兹的马科夫首先看到了火灾。最后，当亲眼看到海恩被烧死的场景时，叙述者详细描述了海恩的死状，并产生了诸多的感慨："要想这么彻底地烧死一个人，需要的火要比星期五澡堂的火还要大。即便是烤一只鹅，也需要很多木头……"由于叙述者发挥了积极的证实职能，使得人物和事件更加真实生动，故事的可信度也随着提高。读者在阅读的过程中，也会产生和叙述者一样亲临其境的感觉，仿佛故事就发生在我们的身边。

叙述者在这个故事中还发挥了积极的思想功能。在这个故事中，叙述者的身份虽然是一位生活在社会底层的普通人，但这丝毫没有影响她积极发挥自身的能动性。和所有讲故事的人一样，叙述者在这里不仅和读者保持直接的交流，对人物和事件提供有力的佐证，还对事件和人物不断地进行解释、评论，甚至还加上自己的说教。

> 是的，有些人就是魔鬼……地狱之火海恩，人如其名，不是人类，而是来自焦热地狱的一团火。
>
> 她的丈夫贝尔一定是一位圣人，只有圣人才能忍受这个泼妇二十年之久。
>
> 直到今天我还记得她的样子：又黑又瘦，胸部像男人一样平，眼神像幽灵一样疯狂。一定有什么东西潜伏在她的内心，让她饱受煎熬。我

记得外祖母说过：一个好人绝不会让别人痛不欲生的。然而，不管发生了什么不幸，我要说的是：爆发一下，但要对事情保持好脸色。（Singer,1982: 242）

第一段话是在《地狱之火海恩》开场的时候，叙述者为了给故事热场而预先发表对主要人物的总体评价，并借此段评价引发读者想象。第二段话是叙述者对海恩丈夫的看法，以一种幽默夸张的方式间接表达对海恩的态度，同时企图引起读者共鸣。第三段话是在故事即将结束的时候，叙述者大发感慨，对故事所要传递的思想进行提炼和升华，为整篇故事画上一个圆满的休止符。叙述者在故事发展不同的阶段发表个人的看法或评价，可以为故事的主题思想、人物特征甚至是结构安排起到画龙点睛的作用。

以上是对辛格一篇反映波兰传统犹太社区生活的作品进行的分析，在这类作品中，叙述者发挥了积极的交流职能。但是在辛格另外一类反映现代美国社会的作品中，叙述者表现得则没有那么积极主动。为了能够与"说书人"叙述者进行对比，更加充分地说明"旁观者"叙述者的交流作用，本书特地选择一篇篇幅相差不多、同样以第一人称"我"进行叙述的作品进行对比分析。

这个故事标题为《胡子》，讲述的是一个在晚年发财的意第绪语作家，名叫班迪特·帕普科。此人一身残疾，事业失败，却在一夜之间因为股票暴富。发财之后，他一心想要出名，出巨资聘请名家为他写评论。我（叙述者）是一位著名作家，也在被邀之列。但在班迪特向我提出来的时候，我却一口拒绝了。突然有一日，我听说班迪特身患癌症，来日无多了。在我心生感慨之时，班迪特的妻子却突然造访。她先是对我的行为进行控诉，指责我应该为班迪特的病负责，后又要求我为其丈夫写评论文章。此人虽身着女装，举止言谈却像男子。更让人吃惊的是，她竟然留着白色的胡子。故事的结局有些悲凉：我虽答应为班迪特写评论，但他却没等到发表就死了。

在这个故事中，除了基本的叙述职能外，叙述者几乎无所作为。尽管充当了故事中的一个人物，叙述者却处处保持冷静，更像是一个旁观者。除了在故事开始解释了班迪特为什么会突然发财之外，叙述者对很多人物和情节未作任何解释和证实，给读者留下一大堆的疑问：

（1）班迪特发财后为何热衷于为自己制造声誉？

（2）班迪特为什么会突然身染重病？

（3）班迪特为什么会如此看重"我"的评论？

（4）为什么班迪特的妻子会留着胡须？

（5）班迪特为什么会娶一个留着胡须的人为妻？

以上这些疑问在叙述者的叙述中都很难找到答案，整篇故事自始至终地弥漫着一种神秘的气氛。在叙述的过程中，叙述者似乎下定决心保持沉默，有意让读者带着种种疑问完成阅读。但是，这并不意味着这类作品的叙事交流功能就因此减弱了。事实上，叙述者在很多需要解释和评论的地方有意保持沉默，目的恰恰是为了激发读者参与文本的兴趣。读者在思考这些问题的时候，自然而然地拉近了与作品的距离。虽然问题的答案最终可能并不清晰，但在读者追寻答案或是苦苦思索却不得其解的过程中，作品的叙事交流得到了加强。

比较可以发现，从叙述者职能的角度来看，两类故事呈现出明显不同的风格，这种风格上的区别也正是"说书人"和"旁观者"风格之间的差异。对反映波兰传统犹太社区生活的故事来说，叙述者非常积极主动，这主要是因为：一、故事反映的生活离隐含读者的现实生活较远，叙述者需要进行较多的解释和评议，帮助读者理解故事的背景和人物关系，进而为读者完整地展示传统犹太社区生活的全貌。二、故事反映的生活多是贫穷落后的犹太社区，叙述者的身份经常是与故事人物同时代的、生活在社会底层的普通人，叙述方式接近口述的方式，易于和读者进行直接的交流。三、故事所反映的内容多为鬼神迷信传说等，与现代隐含读者的价值观有一定距离，需要在叙事过程中加强与读者的直接交流，并在适当时候进行解释和评价，以说服读者相信故事内容和人物，增加故事的可信度。

相反，在反映现代美国犹太生活的故事中，叙述者较为"消极"，与读者的交流较为隐秘，这可能是出于以下三个方面的考虑：第一，故事的生活背景为现代美国社会，为大多数读者所熟悉，无需过多的解释和证实。第二，叙述者"我"的身份多为犹太作家，态度严肃，冷峻少语。叙述者为保持自己的作家身份，和隐含读者之间的联系必然不会过于亲密，而是愿意给读者留下更多的思考和想象的空间。第三，故事的主题大多与现代犹太人的信仰、精神状态有关，具有一定的敏感性，叙述者不宜过多地进行评论，以免在读者和评论家中间引发更多的争论和负面情绪。但总体上看，不管叙述者的风格如何，他们在作品中发挥了积极的交流作用，出色地完成了作者的交流意图。

从叙事学的角度来看，辛格的短篇小说具备很强的交流特征。一方面，通过对辛格短篇小说中"隐含作者"形象的积极构建，作者、文本和读者之间的交流得以充分地实现。另一方面，通过对辛格短篇小说中叙述者的分析和解读，发现叙述者在辛格短篇小说中的叙事交流中同样发挥着积极的作用。辛格短篇小说中的叙述者类型多样，一部分作品中的叙述者呈现出热情的"说书人"风格，而另外一部分作品则呈现出相对冷静的"旁观者"风格，两种类型都忠实地服务于作者的叙事目的，为实现作品的叙事交流发挥了重要作用。

第三章　叙事视角在辛格短篇小说中的灵活运用

如"绪论"部分所述，叙事视角是叙事学理论的核心概念之一，很多叙事学家都曾尝试从不同角度对这一概念进行解释，并且提出了各种不同的分类方法。

热奈特在《叙事话语》中提出了"聚焦"（focalization）的概念，并将聚焦分为三类。第一类称为零聚焦或无聚焦叙事，主要指传统的全知视角的叙事作品，叙述者可以随意进入人物的内心世界，观察点可以随意游动，对故事可以进行全景式鸟瞰。19 世纪的很多小说如《巴黎圣母院》、《黑与白》都是属于这个类型。第二类为内聚焦型，可以细分为三种聚焦类型。第一种为固定式内聚焦，即被叙述的事件通过单一人物现出，它的特点是视角始终来自一个人物。这也是最常见的一种聚焦类型。第二种为不定内聚焦型，即叙事视角在不同的人物之间来回转换，视点不固定。第三种为多重内聚焦型，同一事件每次根据不同人物各自的位置多次叙述，即让不同人物从各自角度观察同一事件，以产生互相补充或冲突的叙述。如芥川龙之介的小说《筱竹丛中》（《罗生门》），就是多重内聚焦型的典型例子。第三类为外聚焦型。在这类视角中，叙述者严格地从外部呈现每一个事件，只提供人物的行动、外部及外部环境，而不告诉读者人物的动机、目的、思维和情感。外聚焦型视角多运用于短篇小说，如海明威的《杀人者》就是属于这个类型。（热奈特 1980）

申丹教授在总结前人研究的基础上将视角模式归纳为九种，分为"外视角"和"内视角"两大类。"外视角"主要可细分为五种，分别是全知视角、选择性全知视角、戏剧式或摄像式视角、第一人称主人公叙述中的回顾性视角和第一人称叙述中见证人的旁观视角；"内视角"主要包括固定式人物有限视角、变换式

人物有限视角、多重式人物有限视角和第一人称叙述中的体验视角。（申丹，2010）

比较发现，热奈特和申丹在视角分类的主要区别在于两点：一是热奈特对全知视角几乎未作任何分类，仅以"零聚焦"或"无聚焦"标记。而申丹的分类中则将全知视角分得很细，共有四类，分别是全知视角、选择性全知视角、第一人称回顾性视角、第一人称见证人视角，标记为"外视角"，其中外视角中还有一种"戏剧式或摄像式视角"，对应于热奈特分类中的"外聚焦"。二、申丹的分类中"内视角"基本上对应于热奈特的"内聚焦"，如固定式人物视角即相当于固定式内聚焦，多重式人物有限视角即相当于多重内聚焦型，但第一人称叙述中的体验视角则和热奈特的分类无法对应。

本书作者认为，热奈特的分类没有区分出全知叙述视角的细微区别。对热奈特来说，全知叙述视角就是叙述者掌握的信息大于故事中的人物所掌握的信息，从叙述者的角度来看，被聚焦的是整个故事。叙述者可以任意进入故事中所有人物的内心世界，给受述者提供足够的信息。但是，申丹的分类区分出全知视角和选择性全知视角，即叙述者是选择揭示所有人物的内心活动，还是选择揭示一位主要人物的内心活动。这种区分实际上是聚焦对象的区分，而聚焦对象的概念在热奈特的聚焦理论中并没有被提出来。另外，申丹的分类还注意到了聚焦者（叙述者）类型的差别，表现为第一人称和第三人称的不同。第一人称的叙述者在聚焦的时候，聚焦对象是与"我"有关的所有故事，揭示的只能是"我"的内心活动，而绝不会选择进入其他人物的内心。不仅如此，在发生视角转换的时候，也只能是由全知视角转入"第一人称体验视角"，而不会采用其他的人物视角。

申丹在对内视角的分类时，实际上参考了热奈特的分类方法，只是增加了一个"第一人称叙述中的体验视角"。我认为此举很有必要，因为"第一人称叙述中的体验视角"是指第一人称叙述者放弃目前的观察角度，转而采用当初正在体验事件时的眼光来聚焦，而这种视角是和"第一人称主人公叙述中的回顾性视角"配合使用的。

根据以上讨论，本节将采用申丹所总结出的分类方法，对辛格1982年的《艾萨克·巴什维斯·辛格短篇小说集》中的47篇短篇故事进行分类讨论。

《傻瓜吉姆佩尔》：第一人称主人公叙述中的回顾性视角——第一人称叙述中的体验视角

《克拉克的绅士》：全知视角

《欢乐》；选择性全知视角

《小鞋匠》；选择性全知视角

《看不见的人》：第一人称叙述中的"魔鬼"视角

《市场街的斯宾诺莎》：选择性全知视角

《科里谢夫的毁灭》：第一人称叙述中的"魔鬼"视角

《泰贝利和她的魔鬼》：全知视角

《独身一人》：第一人称主人公叙述中的回顾性视角——第一人称叙述中的体验视角

《犹太学校男孩彦陶》：选择性全知视角

《教皇蔡得勒斯》：第一人称叙述中的"魔鬼"视角

《最后一个魔鬼》：第一人称叙述中的"魔鬼"视角

《短暂的星期五》：全知视角

《降神会》：选择性全知视角

《屠夫》：选择性全知视角

《死人费德勒》：全知视角

《地狱之火海恩》：第一人称叙述中的旁观者视角

《写信人》：固定式人物有限视角

《卡夫卡的朋友》：第一人称主人公叙述中的回顾性视角——第一人称叙述中的体验视角

《咖啡馆》：第一人称主人公叙述中的回顾性视角——第一人称叙述中的体验视角

《玩笑》：第一人称主人公叙述中的回顾性视角——第一人称叙述中的体验视角

《力量》：第一人称主人公叙述中的回顾性视角——第一人称叙述中的体验视角

《那里有点什么》：选择性全知视角

《羽毛的皇冠》：全知视角

《康尼岛的一天》：第一人称主人公叙述中的回顾性视角——第一人称叙述中的体验视角

《东百老汇的犹太神秘学者》：第一人称主人公叙述中的回顾性视角——第一人称叙述中的体验视角

《克劳普斯道克的一句名言》：第一人称主人公叙述中的回顾性视角——第一人称叙述中的体验视角

《边舞边跳》：第一人称叙述中的旁观者视角

《外公与外孙》：全知视角

《老有所爱》：固定式人物有限视角

《仰慕者》：第一人称主人公叙述中的回顾性视角——第一人称叙述中的体验视角

《嚎叫的小牛》：第一人称主人公叙述中的回顾性视角——第一人称叙述中的体验视角

《两姐妹的故事》：第一人称主人公叙述中的回顾性视角——第一人称主人公叙述中的回顾性视角

《三次奇遇》：第一人称主人公叙述中的回顾性视角——第一人称叙述中的体验视角

《激情》：全知视角——不定式人物全知视角

《甲虫老兄》：第一人称主人公叙述中的回顾性视角——第一人称叙述中的体验视角

《以色列的叛徒》：第一人称主人公叙述中的回顾性视角——第一人称叙述中的体验视角

《心灵之旅》：第一人称主人公叙述中的回顾性视角——第一人称叙述中的体验视角

《手稿》：第一人称主人公叙述中的回顾性视角——第一人称叙述中的体验视角

《黑暗的力量》：第一人称主人公叙述中的回顾性视角——第一人称叙述中的体验视角

《旅游巴士》：第一人称主人公叙述中的回顾性视角——第一人称叙述中的体验视角

《救济院的一晚》：全知视角

《逃离文明》：第一人称主人公叙述中的回顾性视角——第一人称叙

述中的体验视角

《范维尔德·卡瓦》：第一人称主人公叙述中的回顾性视角——第一人称叙述中的体验视角

《重逢》：选择性全知视角

《邻居》：第一人称主人公叙述中的回顾性视角——第一人称叙述中的体验视角

《月亮与疯狂》：全知视角——不定式人物全知视角

通过以上的分析可以发现，辛格在这些 47 篇短篇小说中较多地采用了全知视角（包括选择性全知视角）和第一人称主人公叙述中的回顾性视角。其中采用全知视角的共有16篇（其中采用选择性全知视角的共有8篇），采用第一人称回顾性视角的共有22篇。当然，辛格对叙事视角的运用也有易于常规的地方，如对"魔鬼"视角的采用。辛格总共在4篇小说中采用了这种"魔鬼"视角，这种视角比较独特，既不同于一般的第一人称回顾性视角，也有异于常规的全知视角，而是介于两者之间，可以暂且将其命名为"第一人称'魔鬼'视角"。另外，辛格在 2 篇小说中采用了"固定式人物有限视角"，这种视角多为现代小说叙事所采用，即所谓的"意识流小说"。

第一节　"平铺直叙"的全知视角

根据统计结果可以发现，1982 年《艾萨克·巴什维斯·辛格短篇小说集》的47篇短篇小说中，共有8篇采用了全知视角。对全知视角来说，叙述者处于故事之外，可以从任何一个角度来观察事件，也可以透视任何一位人物的内心活动，也可以偶尔借用人物的内视角或伴装旁观者。（申丹，2010）全知视角比较适用于人物数量多、人物关系较为复杂的故事，或用来展示较为宏大的场面。下面以《克拉克的绅士》来详细说明全知视角的特点和功能。

这个故事的发生地点是在一个偏僻落后的小村庄，名叫弗拉姆波尔。这个村子的农民既贫穷又落后，村里的犹太人更是一贫如洗，简直是食不果腹、衣不蔽体。由于办不起嫁妆，村里的姑娘都待字闺中。某年夏天适逢大旱，庄稼几乎颗粒无收，村里所有人都陷入了绝望。就在大家准备集体去讨饭的时候，奇迹发生了：一辆马车驮着一位年轻人来到弗拉姆波尔。年轻人非常富有，并且挥金如土。很快，媒人们蜂拥而至，要为年轻人说媒。但是，年轻人提出了自己的要求：举办一个舞会，邀请所有的年轻姑娘参加，他将通过观察他们的外表和举止，来决定最终迎娶谁。此举受到了除拉比之外所有人的赞同，姑娘们更是激动万分。出于对现实的考虑，拉比最终也同意了。于是，所有的人都开始行动起来，整个村子为之沸腾了，舞会一瞬间成了所有人生活的中心。等到举办舞会的那一天，除拉比外所有人倾巢出动，齐聚市场。一时间鼓乐喧天，天放异彩。就在这时，来自克拉克的绅士却宣布，作为救世主的使者，他将为所有的年轻人提供丰厚的嫁妆，前提是他们所有人必须今晚十二点之前结为夫妻。由于事出突然，大家一时间难以接受。但很快地，当所有人意识到可能就此改变命运时，他们都顺从了这个建议，公然违背犹太法规，为年轻人随意配对，并在接受克拉克绅士的馈赠后，恣意地放纵起来。正在人们纵情的时候，整个村庄着起火来，克拉克的绅士也露出了自己的狰狞面目：原来它是魔鬼的化身。魔鬼的出现，就是要带给人们毁灭。然而此时一切都失去了控制，人们似乎已经失去理智和信仰了，无法停止脚步，一步步滑向毁灭的深渊。危急时刻幸好拉比及时出现，利用自己强大的信仰力量，唤醒了所有的村民，并驱走了魔鬼。醒悟过来的人们在拉比的鼓励下开始重建村庄，但拉比却因为主动承担所有人的罪过，献出了宝贵的生命。

在这个故事的叙述过程中，叙述者始终处于一个无所不知的位置，对整个故事进行聚焦。叙述的视角覆盖整个村庄，描述的人物数量众多，场面宏大。在全知的视角下，故事先是对弗拉姆波尔村庄进行了全景式的描写：破败的环境、贫困的生活和顽强的生命力。继而随着"克拉克绅士"的出现，叙述者又开始对他的衣着打扮、言谈举止进行全程聚焦，如摄像镜头般地将"克拉克绅士"如何发挥雄辩的口才说服村民、如何施展魅力将村民一步步引入圈套的过程尽情展示。在这个过程中，被聚焦者涉及各色人等，包括拉比、媒人等等；被聚焦的场景覆盖所有重要场所，从客栈到教堂。尤其在描述舞会这个重大场面的时候，全知视角的优势发挥淋漓尽致。对舞会的展现先是从天空中巨大的夕阳开始，然后转向再聚焦到月光下的人们：几乎所有的村民都出场了，形态表情各不相同。叙述者居高临下，全知的视角可以触及所有的人物。然后视角再聚焦于主要人物——从克拉克来的绅士，绅士发表了煽动性极强的演讲，人群由寂静逐渐开始骚动起来。随之，疯狂的舞会开始了，视角覆盖了所有在场的人们，包括后来出场的各类妖魔鬼怪，为读者呈现出一幅轰轰烈烈的场景，将故事的主题充分地烘托出来。

　　但是，全知视角模式的不足之处在于它无法深入人物的内心世界，不能为读者展现人物复杂的思想和感情。这个特点在篇幅有所限制的短篇小说中表现得尤为突出。在《克拉克的绅士》这个故事中，读者因为一开始无法进入人物内心，不了解克拉克绅士的真实想法，可能轻而易举地相信克拉克绅士是"正面"人物，或者是上帝派来拯救村民的"使者"。这种误解制造出一种强大的悬疑效果，为故事的发展营造了足够的张力。等到悬疑消解、高潮到来的时候，故事强烈的反讽效果便随之产生了。但另一方面，读者也无法通过视角感受到村民在贫困中挣扎——看到新生的希望——与"魔鬼"疯狂共舞——经历毁灭的打击——直至浴火重生的一系列复杂的心理过程，而只能通过人物的言行和表情来进行有限的推测，这在一定程度上降低了故事主题的表现力度。

　　在全知视角模式下，叙述者掌控一切，了解的信息超过所有故事中的人物，这种信息差有时候可以产生一种非常戏剧化的效果。如在《泰贝利和魔鬼》中，叙述者处于故事之外，对故事中的人物泰贝利和"魔鬼"之间发生的故事洞若观火。在故事一开始，叙述者就分别交代了两人的身份和背景。泰贝利生活在离卢布林不远的一座小镇上，和丈夫经营着一个小杂货店。在两个孩子都夭折之后，泰贝利再也不能生育了。因为无法忍受现实的残酷，丈夫终于在某一天离家出走了。泰贝利生得娇小可爱，但却终日郁郁寡欢。男主人公阿尔乔农则是教师的仆人，生活在社会的最底层，整日疯疯癫癫，没有正形，他最大的梦想就是有朝一日能当上婚礼上的丑角。这样两个人物没有任何关联，原本在他们之间也不应该发生什么故事。但有一天，阿尔乔农无意间听到了泰贝利和女伴们在讲一个与魔鬼有关的故事，便心生歹念，在天黑后偷偷脱光衣服钻进了泰贝利的被窝，并吓唬她说自己是魔鬼，专程来与她相会。笃信魔鬼存在的泰贝利相信了阿尔乔农的话，惊恐之中听任他的摆布。这种阴差阳错的事情本来在现实生活中是绝不可能发生的，但因为当事人泰贝利不了解对方的真实来历，这个故事的发生就显得非常自然了。

　　由于作者在故事中采用了全知视角，在故事开始就向读者交代了双方的背景，因而故事发展到高潮的时候，必然产生一种戏剧化的讽刺效果。故事内的人物懵然无知，而故事外的读者则对一切了然于胸。具有讽刺意味的是，泰贝利在与"魔鬼"相会的过程中，渐渐地接受了对方，甚至是爱上了"魔鬼"；如果哪天"魔鬼"失约了，泰贝利还忍不住会想念他。而阿尔乔农也非常迷恋泰贝利，想尽一切办法哄她开心；即便是哪天身体不舒服，他也会强打精神，尽量给泰贝利带来快乐。令人感到更为讽刺的是，在白天现实的世界里，两人却形同路人，泰贝利甚至和旁人一样无视阿尔乔农的存在。阿尔乔农则还是那个一无所有、游手好闲的人，不敢主动接近泰贝利，甚至连正眼也不敢看她。到了夜晚，两人就又变成了亲密的爱人。直到有一天，阿尔乔农得了传染病死去了，再也无法和泰贝利每日相会。而泰贝利对真相仍然一无所知，还在每晚苦苦等待"魔鬼"的到来。即使在给阿尔乔农送葬的时候，泰贝利都始终不知道这个可怜而卑微的人，正是那个每晚和她厮守在一起的人。阿尔乔农不在了，而泰贝利还孤零零地生活在现实世界里，永远也不可能解开生活留给她的那个秘密了。

传统作家通常采用全知全能的叙事角度，这种视角可以使作者随意地对故事情节及人物形象进行加工处理，但作者的过多干预和介入也同时在作品和读者之间产生了距离，从而降低了作品的真实度和可信度。（桑艳霞，2009）如19世纪的巴尔扎克的《人间喜剧》、雨果的《巴黎圣母院》等作品都采用了这种视角模式。与这些传统作家不同的是，辛格在全知视角的叙述中，尽力把叙述者放在一个旁观者、记录者的位置，让作品呈现出犹如生活般的原貌。"辛格只是讲故事，在故事中叙述真理。"（吴长青，2008：112）在这种视角模式下，读者犹如置身于剧院之中，静观舞台上人物的一举一动，冲突的源头和发生过程尽收眼底。相反，舞台上的人物却懵然不知，按照导演设定的环节一步步将表演推向高潮。丹·米农（Dan Miron）将辛格的这种叙事方式归因于他的"宿命论"（fatalism），即辛格反对任何复杂的结构和句法，提倡用简单的语言松弛有度地展现故事的本来面目，无需任何复杂的表述。就像人类的努力无法改变事物的发展方向一样，作家对小说的刻意加工必然也是徒劳的。（Miron，1992）

在这种全知视角模式下，叙述者也可以一定程度地进入人物的内心，有限地表现人物的思想和感情。在上面的故事中，由于人物数量少，人物关系也并不复杂，叙述者可以对泰贝利的心理进行一定程度的刻画。例如当阿尔乔农因为生病不能赶来赴约的时候，泰贝利对"魔鬼"的现状非常担心："现在他大概生了病躺在什么地方，一个软弱无力的魔鬼，一个寂寞的孤儿，无爹又无娘，也没有重视他的妻子来照顾他。"泰贝利对"魔鬼"的这种担心不禁让读者莞尔，也一定程度上强化了作品的讽刺效果。

相比之下，选择性全知视角则有些不同。在这个视角模式下，叙述者不会像隐身人一样跟踪所有人物，而是将绝大部分的精力集中于故事中的某一个主要人物上，尽力去表现这个人物所有的言行和心理活动，《那里是有点什么》就是这种视角模式较为典型的代表。这个故事从一开始就进入尼切米亚拉比的内心，揭示拉比内心信仰的矛盾：是该绝对地信奉上帝，还是怀疑甚至抛弃上帝？接着便连续展示拉比的一系列心理活动和企图背叛信仰的行为：

> 是的，你是伟大的，永恒的，万能的，明智的，甚至是充满愁悲的。但是，你究竟在跟谁捉迷藏呢——跟苍蝇呢？当苍蝇坠入蛛网，蜘蛛要吸掉它的生命时，你的伟大对它有什么帮助呢？当猫用爪子夹住老鼠时，你的一切德行对于老鼠又有什么用处呢？天堂里的报酬吗？牲畜们可用不着这些。你，在天之父，倒有时间去等待世界的末日，但它们不能等待啊。当你让运水工费特尔的棚屋起了火，使他不得不同全家在一个严寒的冬夜去救济院睡觉的时候，那可是一桩无可弥补的不公平的事。可以用灵光迷蒙、自由选择和赎罪等说法来为你辩解，但是运水工费特尔在竟日劳苦之后所需要的是休息，而不是在铺着烂稻草的床上辗转反侧啊。（Singer, 1982: 330）

故事中的主人公是一个小镇的拉比，但这个小镇的教会已濒于崩溃，大部分哈西德派教友已将拉比抛弃了。拉比也渐渐开始对自己的信仰产生了怀疑，并且萌生了逃离的念头。在一番挣扎之后，拉比终于下定决心，独自离开逃向华沙。在这个过程中，拉比的大脑中不断对上帝发问，并幻想出种种魔鬼和犹太人大屠杀的可怕情景，企盼着上帝能够随时显现。通过这里的叙述，读者完全融入拉比的思想，跟着他一起说话，一起思考，甚至一起呓语。读者能够充分感受到拉比心理的矛盾，以及他如何在内心冲动的驱使下走向叛逃；也能够感受到拉比的思想如何与现实发生激烈冲突，理解拉比为什么与现实格格不入，最终又回归信仰。

我们注意到，小说中的主人公尼切米亚经常陷入想象中，仿佛置身于梦境中一般自言自语，表达对信仰的种种质疑和不满。这些描写可以帮助读者获得这位被选择人物的主要思想，以及这些思想的变化过程。但是作为代价，故事中其他人物的思想和感情就无从获知了。例如，读者无从得知欣德·谢瓦奇对拉比的感情究竟如何，也不清楚西姆查·戴维为什么没有回来，只能跟随着情节的发展做出种种的猜测。

和全知视角相比，选择性全知视角不能俯瞰整个故事的进程，不也能帮助读者获知故事人物的所有信息，但是却能够帮助读者进入某个人物的内心世界，让读者随着人物的情感变化亦喜亦悲，从而拉近读者与故事之间的距离。但两者的共同之处，是在于叙述者时刻站在一个可以俯瞰全局的角度，以非常强的掌控力把握着叙事的节奏。在阅读的过程中，读者可以紧紧跟随叙述者的视角，对故事的发展做到了然于胸，不会迷失在纷乱的情节和复杂的人物关系中，并且能够根据个人的感悟或评或叹、收放自如。

第二节 "跌宕起伏"的第一人称回顾性视角

辛格在创作后期尤其是他来到美国之后，他的很多作品都是采用第一人称的视角模式。统计结果表明共有 24 篇故事采用这种叙事视角，占 51.1%。在这个视角模式下，"我"直接参与故事，读者可以透过"我"的视野对故事中的其他人物进行聚焦，并可以直接感知"我"的所知所想。从某种程度上来说，第一人称主人公叙述中的回顾性视角和第三人称人物有限视角极为相似，因为在这两种模式中，聚焦者均为故事中的人物，提供给读者的视角都是有限的。（里蒙-凯南，1989）当然，第一人称叙述和第三人称叙述仍然有很大区别。在第三人称有限叙述视角中，人物的感知替代了叙述者的感知，因此仅有一种视角，即人物的体验视角。（申丹，2010）而在第一人称主人公叙述中的回顾性视角中，通常会有两种视角同时作用：一种是叙述者"我"追忆往事的视角，另一种是故事中的"我"正在经历事件的视角。这种视角模式的优势在于能够帮助读者进入聚焦者的角色，让读者随着叙述者的思想和感情变化而不断地改变心情，从而为故事制造出一种跌宕起伏的叙事氛围。

在《康尼岛的一天》中，我们可以明显感受到这种视角所产生的特殊叙事效果。故事一开始，"我"就交代了自己所处的处境：我是一个从波兰跑出来的 30

岁的难民，以写作为生，但写的东西对现代的美国读者来说没有什么吸引力，自己因此也陷入了困惑当中。偏偏祸不单行，美国当局又不同意给我的旅游签证护照延期。随后叙述者回忆起自己某天早晨在梦魇中起来后一天中不平凡的经历：先是早餐时在房东太太的厨房里遭受到许多人的冷嘲热讽，继而溜到大街上百无聊赖地闲逛。因为自己的经济状况非常糟糕，午餐只能在自助餐厅将就一顿。在发了一通牢骚和感慨之后，不得不精打细算安排午餐的菜单。正当我感觉自己的人生已经陷入最低谷的时候，上帝似乎又在无意间眷顾了我——我在电话中得知报社采用了我的文章，生活一下子又有了着落。不仅如此，电话机还在我面前无缘无故地吐了一大堆钱，餐厅的服务员阴差阳错地没有收我的餐费……我的人生再次有了转机，自信心也慢慢回到身上，对生活又开始踌躇满志起来。经过一番心态上的调整，我重又找回自己，晚餐不仅安排得很丰盛，还在就餐时与熟人侃侃而谈。所有的变化似乎都喻示着我的生活已经摆脱了危机和厄运，然而故事的结尾却让故事的发展方向发生逆转：为了表明自己对婚姻的严肃态度，我拒绝了情人伊瑟的感情和婚姻，从而失去了留在美国的机会，让自己的生活再次陷入了危机。

　　在整个叙事过程中，读者完全跟随叙述者的视线去观察真实生活中的每一个细节，去体验生活给"我"带来的所有困难和挑战、成功和喜悦。整个故事波澜起伏、险象环生，各种理性与非理性的行动交织出现。无论是生计上的挑战，还是哲学上的困惑，都可以让读者的心情随之发生变化，这正是第一人称回顾性视角的优势所在。不仅如此，第一人称回顾性视角的移动和变化完全由叙述者决定，以最充分地展示叙述者的内心变化为目的，不受其他任何叙事任务干扰。在叙事过程中，叙述者可以将视角停留，对所观察的人或事物任意地进行放大、描述，并对之进行主观上的评价。在文中有一处透过"我"的体验视角对康尼岛进行的描写非常精彩：

　　　　我来到美国已经一年半了，可是康尼岛仍然使我叹为观止。阳光火焰般地喷射下来。海滩上人声鼎沸，比潮水声音还响。在海边木板铺就的路上，卖西瓜的意大利人拿刀使劲儿敲洋铁皮，扯直了嗓子吆喝顾客。每一个人都以自己的方式在吼叫：卖爆玉米花的和夹香肠面包的，卖冰淇淋的和花生米的，卖棉花糖和老玉米的。我经过一个杂耍班子，里面正在展出一样怪物，半身是女人，半身是鱼；我又经过一个蜡像陈列馆，里面摆着玛丽·安东尼特、野牛比尔和约翰·威尔克斯·布思的蜡像；我经过一家铺子，里面黑的，一个缠了头巾的星占学家坐在那儿正给人算命，身边都是画满星宿的挂图和天体仪。侏儒们在一个小马戏团门前跳舞，他们黑脸蛋上涂了白粉，都由一根长绳松松地拴着。一只机器人猿像只皮老虎风匣似的鼓气肚子，在嘎声大笑。一些黑男孩拿了枪在对着铁皮鸭子瞄准。一个半裸的汉子，黑头发和黑胡子一直垂到肩了，手指一捏，硬币也弯了。再过去几步路，有个巫婆在夸耀自己的法力：能召唤亡魂，未卜先知，算交不交桃花运，宜不宜婚娶在灵不过。（Singer, 1982: 374）

这段描写随着叙述者脚步的移动和视线的转移一点点展现出来，可以说是移步换景。形形色色的人物，各种各样的事物，热闹非凡，充满了浓厚的生活气息。叙述者的目光所及，对美国高度发达的物质文明"叹为观止"。考察辛格的短篇小说不难发现，类似对现代美国社会生活的观察和描写在辛格的短篇小说极为少见。在这个故事中，叙述者对美国的现代生活进行聚焦，其目的是为了展示自己复杂的内心世界。一方面，他非常"享受"现代物质文明带给他的愉悦，也非常喜欢美国自由的环境和氛围。但另一方面，他似乎又对这一切并非全部接受，而是以一种批判的眼光冷静地审视。尤其是在身陷困境的时候，叙述者对生存的环境更是增添了一种莫名的疏离感。仔细分析不难发现，这段文字所描写的事物大多都是丑陋的：大声叫卖的西瓜贩子、半人半鱼的怪物、跑江湖的星相师、马戏团的小丑、发出怪声的机器人猿、卖大力丸的、正在行骗的巫师等等，即便是蜡像馆里陈列的蜡像也都是坏人。展现在读者面前的是一幅让人心生厌恶的场景，一个物欲横流的现代美国。身为一名意第绪作家，他又为这种高度的物质文明给人类的信仰所带来的危机感到不安，尤其是为犹太人在现代美国社会的精神迷失而深感忧虑。在叙述者的视角下，高度发达的物质文明映衬出的是人类精神世界的空虚；生活在这样的世界里的人们，浮躁、焦虑、没有安全感，人们正用自己的生活上演着一幕幕真实的悲剧。苏珊·桑塔格曾评价辛格这种处理环境描写的方法具备了现代小说的典型特征，即以投影的方式展现世界，小说中的人物对他所生存的环境抱有明显的不信任感和疏离感，自我与世界的关系被无聊、厌恶、鄙视、沮丧和怀旧等情绪所替代。(Sontag, 1962) 同时，这段描写发生在叙述者情绪最为低落的时刻，叙述者眼中所见正是心中所想，读者完全可以根据叙事视角所呈现的内容来对人物的内心世界进行推测和描摹。

辛格的作品中存在大量以第一人称主人公的回顾性视角进行叙事的情形，这种视角模式能够直接深入地展示叙述者的感情和想法，使得读者比较容易对叙述者产生理解和同情，心情随着他的情绪起落，也易于站在叙述者的角度来对人物进行评判。但是，第一人称回顾性视角完全从叙述者的视角呈现故事，不可避免地受到叙述者的价值观和意识形态的影响，读者容易被叙述者牵着鼻子走，看不到他的偏见，只是一味地理解和同情他，盲目地赞同他的观点。在《康尼岛的一天》中，叙述者由于自己的境遇很差，对周围的人表现得比较刻薄，如他对房东太太的描述，在用词上似有刻意贬低之嫌。叙述者在境遇改善之后，决定"理智"地与他的秘密情人结束关系的做法似乎也有违伦理道德。但由于叙述者对自身遭遇和心理状态的刻意放大，使得读者不免对他产生同情，从而降低了对他道德上的要求。还有，叙述者借路人闲聊之口发表对希特勒和苏联共产党的痛恨，反映了叙述者的个人政治观点，对读者同样产生了一定的影响。

采用第一人称回顾性视角还存在一个问题，即叙述者在讲述自己的故事的时候，容易和作者自己的经历产生混淆。读者在进入故事不久后很快就会陷入迷惑：这个故事到底是虚构的，还是作者的亲身经历？如果是虚构，故事中叙述者的经历为何和作者的切身经历如此暗合呢？如果是作者的亲身经历，这些故事怎么又会如此生动有趣、充满戏剧性呢？考察一下辛格的生平不难发现，小说中开头的那段叙述和作者的真实生活经历几乎相同。1939 年 4 月 19 日，辛格从 Cherberg 登船驶向美国，八天后到达纽约。但是辛格发现自己很难适应新的环境，心情也变得非常糟糕，加之自己的签证问题，辛格一度萌生了回到波兰的念头。尽管在哥哥约舒华的帮助下暂时安定下来了，辛格还是感觉到难以排遣内心的郁结。(Stavans, 2004) 不仅如此，故事中叙述者对美国意第绪文学地位的看法、哲学上的认知、对二战希特勒和斯大林的政治见解等等都与故事外作者的思想相一致。事实上，这正是作者创作的高明之处：在小说中采用第一人称的叙述视角，以自己真实的生活经历作为创作背景，为作品融入了一定"现实"的元素。而在另外一些采用第一人称回顾性视角进行叙事的故事如《手稿》、《仰慕者》、《心灵之旅》中，这种"现实"元素又与作品中的"神秘"元素混合，营造出一种神秘莫测的意境，为读者的阅读体验增添几分似真似幻的感觉。

《仰慕者》讲述了围绕"我"和我的一个仰慕者之间发生的一连串令人难以揣测的奇怪事件。故事的开头并无出奇之处，只是交代了仰慕者如何与"我"建立联系，并约定了一次正式的拜访。但随着仰慕者的正式出场，奇异的事情就一件接着一件地发生，让人目不暇接。先是来访者伊丽莎白费尽九牛二虎之力，却无法找到拜访对象的住处；继而在来访者正式到来之前，来访者丈夫的电话却跟踪而至。令人感到费解的是，丈夫在电话中称其子重病，无法找到药片。在我不耐烦地要求其找大夫时，他又挂断电话。随后，来访者正式出现，叙述者也对她进行了一番细致的观察：美丽端庄中透露出与其周边环境格格不入的不协调。更让人意外的事，来访者居然对其丈夫所说的事情表现得非常冷淡，并暗示他不正常。接下来，伊丽莎白讲述的事情更加不符合常理：父亲是一名律师，与母亲离异。母亲患有风湿，迁往亚利桑那居住。她在大学时与现任丈夫结识，并最终结婚。丈夫带有一女，婚后不仅即患上慢性病，不得不离职在家养病，以写书打发时间。伊丽莎白与丈夫感情不和，终日以书为伴。在她孤寂无聊的生活中唯一能够给她带来精神慰藉的就是"我"写的书，而"我"也自然成为她崇拜的偶像。随着交谈的深入，两人的感情渐增，"我"对她的疑惑和戒备也逐渐放松。而就在这时，伊丽莎白丈夫莱斯利的电话再次打来。莱斯利在电话中讲述的事实与伊丽莎白完全不同，在他看来，伊丽莎白才是精神不正常的一个人，常常陷入幻想，与现实生活完全脱节。莱斯利还警告"我"远离这个是非之人。莱斯利的警告起了作用，我在关键时刻停下了脚步，没能越过雷池。关键时刻，伊丽莎白母亲打来电话，对自己的女儿提出了控诉，也同样对"我"提出了警告。这让"我"陷入迷惑，究竟谁对谁错？究竟该相信谁？更要命的事，伊丽莎白听到丈夫和母亲的话后，失去了控制犯起病来。慌乱中，我将自己反锁在门外，四下求助不成，几乎陷入绝望的境地。在冷静下来之后，"我"向伊丽莎白直接地表达了自己的态度，拒绝了她的心意。

整个故事的情节安排非常紧凑，一件接着一件发生，而几乎每一件事情都出人意料，给人一种强烈的压迫感。在这短暂的拜访中，读者跟随叙述者的第一人称视角，充分体验了这次经历所带来的种种期待、疑惑、不安、惊惧和绝望等复杂的情绪。尽管叙述者从最开始似乎有意保持冷静的视角，尽可能客观地对待所观察的对象，尤其是在与来访者见面交谈的部分，描述非常细致，叙事的节奏也因而变得非常舒缓。但随着事件的发展，叙述者不得不放弃这种冷静客观，观察事物的视角也变得匆忙而混乱。尤其是在伊丽莎白发病之后，那口吐白沫的病人、迟迟不到的电梯、楼梯道搬家的工人、编辑家的堂妹、大厅的领班，在第一人称视角下晃动不安，让整个叙事过程变得既紧张又压抑。

这篇小说因为采用了第一人称视角，所以无法透视丈夫、妻子和岳母之间复杂的人际关系，也无法分辨谁是谁非。所有的人物都和叙述者"我"直接发生了联系，而且各执一词，使得原本可以置身事外的"我"被无缘无故地卷入一场家庭的纠葛中。随着事件的不断发酵、变质，"我"也在这张复杂的关系网中越陷越深，几乎不能自拔。直到最终落幕，也没能弄清楚事情的真相。

除了人物关系的神秘复杂之外，这篇小说中还有另外两个"神秘"的元素。一个就是浸透在辛格小说中的"犹太宿命"。在辛格看来，所有的犹太人的命运都似乎是注定的、悲剧的，都和犹太人的历史存在着千丝万缕的联系，谁也无法挣脱。小说中"我"和伊丽莎白的谈话总是有意无意地暗示，他们的命运总是和波兰犹太社区某个偏远落后的村庄有关，和那个早已作古的犹太拉比有关，和那些对犹太人的信仰产生过巨大影响的犹太典籍有关。这种深深印刻在犹太人内心深处的烙印可以解释伊丽莎白那奇怪的病症，也可以解释犹太人天生的悲观，更可以解释犹太人之间特殊的相互吸引。生活在现代社会的犹太人，尽管对他们的历史可以闭口不谈，也可以模糊他们曾经的记忆，但他们却无法摆脱精神的虚空，也无法忽视内心信仰的呼唤。小说中另一个神秘元素就是居住在六楼的房客。叙述者慌乱中求救于六楼的邻居，邻居的堂妹虽然答应帮忙，却迟迟没有反应，让"我"非常困惑和沮丧。结果第二天向邻居求证，邻居却答复说自己并不住在六楼，而是在五楼。这个情节似乎是作者有意安排的，跟整个故事的关系不大。但正是这个随手一笔，使得原本就神秘兮兮的小说更增添了一丝凉意。

第三节　独特的"魔鬼"视角

通过考察发现，以上 47 篇故事中共有 4 篇故事采用了"魔鬼"叙事视角。在这 4 篇故事中，聚焦者都是恶魔，这是辛格短篇小说叙事的一大特点。辛格选择从魔鬼的视角来对故事进行聚焦，是有一定用意的。其一，魔鬼具有超凡的透视能力，了解一些不为人知的细节，从魔鬼的角度出发，可以更好地展示故事的细节，深入人物的内心。其二，通过魔鬼的视角来展示人性的丑陋，更具有讽刺效果。

在一篇名为《看不见的人》的故事中，"魔鬼"视角的优势得到了充分的展示，为实现最佳的叙事效果起到了重要的作用。故事的主人公是一对叫作内森和特梅尔的夫妇，他们原本的生活很安逸，唯一的遗憾是没有子嗣。不久，为他们服务多年的老仆人去世了，两人为此陷入了苦恼，因为他们找不到合适的人选。但很快在魔鬼的安排下，他们遇到了施芙尔·泽雷尔，问题得到了圆满的解决。施芙尔·泽雷尔年轻漂亮，而且非常能干，烧得一手好菜，将两人服侍的非常周到。一日，特梅尔有事外出未归，内森禁受不住诱惑，与泽雷尔发生了苟且之事。内森本以为可以将泽雷尔变成为自己的秘密情人，但此后却屡屡遭到拒绝，心情变得非常郁闷。于是，在欲望的驱使下，内森做出了决定：休掉结发妻子，带着所有财产和泽雷尔远走高飞。一年后的某日，内森在穷困潦倒中回到弗拉姆波尔，见到了再婚的特梅尔。原来内森在和泽雷尔私奔的途中，被泽雷尔偷走了所有的财物，他不得不靠乞讨为生，四处流浪，最后又被不堪的命运带回到弗拉姆波尔。特梅尔见到内森后非常意外，在得知真相后又不免对前夫产生了怜悯之心，不忍心将他拒之门外。但是根据犹太律法，已婚妇女是不能和其他男人单独相处的。于是在魔鬼的诱导下，特梅尔将内森引进她父母生前的旧宅，将其暂时安顿下来了。从此以后，特梅尔每日来到内森的住处，尽可能细心地照料着他。时间一长，两人的旧情又重新燃烧起来了，但这却让内森陷入了更深的痛苦。冬天来临了，特梅尔无法每日和内森相会，这让她同样非常痛苦，精神也一蹶不振，很快便离开了人世。没有了特梅尔，内森的日子更加难熬，不仅没有了食物，更没有了精神的慰藉，他感觉自己像是孤魂野鬼、生活在人世间的隐形人。对他来说，世界是双重的，命运也是双重的——特梅尔是他命运的阳面，而泽雷尔就是他命运的阴面。他受到命运的驱使，过上了这种不阴不阳、人鬼不如的生活。于是在绝望中，内森也无声无息地离开了人世，变成了真正的孤魂野鬼。

在故事中，叙述者"魔鬼"处于一个类似全知的观察位置，对故事的两位主人公特梅尔和内森进行聚焦。借助魔鬼的视角，读者可以清楚地看到特梅尔对内森如何地忠贞。她为丈夫提供最好的食物、最好的衣服，小心翼翼地服侍着他，几乎成了他的影子。但是面对如此安逸的生活，丈夫却不够珍惜，在诱惑面前很快便溃败下来。"魔鬼"叙述者还对内森与仆人泽雷尔私通过程中的言行进行了聚焦，尽显他背叛妻子与他人苟且的丑态，将他如何从受人尊敬的地位一步步陷入绝境的过程暴露无遗。当内森再次回到家乡的时候，魔鬼叙述者借助特梅尔的视角，将潦倒的内森尽情地展现在读者的眼前：

> 他的脸色灰白，两只眼睛下面都有眼袋，原本乌黑的胡子已泛花白，肚子也松弛得像个袋子。像是病入膏肓的人一样，他连步子都迈不动。"哀哉！即使是葬入坟墓也比他现在的情况要好些！"她惊呼道。（Singer，1982：65）

从"魔鬼"的视角来看，内森的悲剧命运完全是咎由自取，是由人类自私贪婪的本性决定的。更重要的是，这种悲剧具有普遍性，在人类中一代代反复地上演着，是一种无法逆转的趋势。在上面的故事中，"魔鬼"视角将人类最卑劣的本性毫无保留地暴露出来，没有丝毫的隐藏。在内森遁入旧宅过上"隐形人"的生活后，"魔鬼"视角将内森内心那种孤苦无依的感觉和强烈的不存在感完全地显现在读者面前，让人既恨又怜。尤其是在小说的最后部分，魔鬼对濒临死亡的内森再一次进行了聚焦，将他的无助和悲哀无情地呈现出来：

> 内森积聚起体内最后一丝力量，将床推到窗前，躺在那儿往外看。他很快睡着，又很快醒来。白天过后，又是夜晚。有时候他听见院子里有人叫喊，有时候他又听见有人在叫他的名字。他想象自己的头变得好大，像一块磨盘压在脖子上。他的手指麻木，舌头僵硬，嘴里都快放不下了。我的助手小妖精们在他的梦里出现，大声地喊着、叫着，点燃火焰，在柱子上走来走去，像普珥节的表演者。他梦到了洪水，又梦到了大火。他想象着整个世界都被毁灭了，而他自己则挥动着蝙蝠的翅膀在空中盘旋。在梦中他还看到烙饼、水果布丁、奶酪宽面条，醒来后胃胀胀地，像是吃饱了一样。他打了个嗝，又叹了口气，摸了摸一直空空的、痛个不停的肚子。（Singer，1982：77）

可以看出，辛格选择"魔鬼"视角来讲述故事，就是想对人类卑劣的本性进行最无情的鞭挞，对人类的自私和贪婪进行最深刻的嘲讽。"魔鬼"视角在表达以上意图时比其他任何视角都更加直接和有效，用辛格自己的话来说，这是最"经济"的做法。事实上，人类最害怕的"魔鬼"就隐藏在自己的内心，贪婪和欲望是人类自身最大的敌人。在这里，"魔鬼"就是一面镜子，可以照进人类灵魂的最深处。通过"魔鬼"的视角，我们可以看到最真实的自己。

"魔鬼"的视角可以触及人物的内心，了解人物的真实想法，并且可以采取相应的行动影响人物的思想，对故事发展进程进行直接的干预。在《看不见的人》中，"魔鬼"在情节发展上起到了非常重要的推动作用。例如，它先是派遣年轻貌美的泽雷尔去引诱内森，让内森走错第一步；接着又在内森陷入纠结的时候去"开导"他，让他做出了悔恨终生的决定。当落魄后的内森与特梅尔相逢后，内森出于自责和愧疚决定离她而去时，魔鬼再次出面干预，帮助特梅尔挽留内森，并创造各种机会帮助两人私会，一步步将他们推向万劫不复的深渊。即使到了最后，当内森内心陷入疯狂的挣扎并试图逃离这种分裂生活的时候，"魔鬼"再次及时地阻止了他，让他继续承受生活的折磨。总之，选择从"魔鬼"的视角来讲述故事，在叙事上更加节约，可以毫不费力地将故事一步步推向高潮，最有效地实现作者的叙事目的。

从"魔鬼"的视角来讲述人类的故事，还可以营造一种浓郁的反讽意味，尤其是当"魔鬼"的意图——实现、人类在欲望面前最终溃败的时候，我们似乎可以听到"魔鬼"得意的疯狂笑声。在《看不见的人》中，内森在魔鬼的注视下，一步步放弃优越的生活，一点点滑向万劫不复的深渊。每次当他夜不能寐、独自面对窗外的时候，似乎可以看到魔鬼躲在镜头后面，为自己的胜利、人性的失败暗自窃喜。

在辛格看来，人类在两千多年的演化过程中，物质文明取得了丰硕的成果，科学技术也有了飞跃性的进步，但是精神方面却没有任何进展，反而在一定程度上不断地倒退。(Singer, 1985)有时候人类的堕落程度甚至让"魔鬼"都感到吃惊。在《最后一个魔鬼》中，辛格从"魔鬼"的视角对人类的堕落进行了这样的描述：

> 我在这儿待了有多久呢？永久加上一个星期三。我目睹了一切：特谢维兹的毁灭，波兰的毁灭。再也没有犹太人，再也没有魔鬼了。妇女们再也不在冬至的晚上洒水了，他们（犹太人）也不再避讳给偶数的东西了；他们甚至不会在黎明的时候敲教堂前厅的门了，也不会在倒脏水前提醒别人了。拉比在尼散月的一个周五被处死了，整个社区遭到了屠杀，圣书被焚毁，公墓被亵渎，《创世纪》被归还给了创世主。异教徒

在犹太教徒洗浴的地方洗澡，亚拉伯罕·扎尔曼的教堂变成了猪圈。再也没有善良天使或是邪恶天使，没有罪恶，没有诱惑！整个一代的罪恶要比过去多好几倍，但弥赛亚还是没来。他应该来到谁的身边呢？弥赛亚没有来到犹太人身边，犹太人就去找弥赛亚。魔鬼没有再存在下去的必要了，我们也被彻底击败了。我是最后一个魔鬼，唯一的流亡者。我可以去任何一个我喜欢的地方，但像我这样的魔鬼有可以去哪呢？去找杀人犯？（Singer, 1982: 186）

在这段描写中，"魔鬼"以一种略带"同情"的眼光俯视着人间发生的一幕幕的悲剧：犹太人的家园遭受到无情的毁灭，犹太人再也不遵守教规，犹太拉比被杀害，犹太圣物被毁坏……辛格在这里借助"魔鬼"的视角对人类的自我毁灭进行无情的揭露。多年前，魔鬼费尽心机，用尽一切手段也无法诱使犹太人堕落；但是到如今，人类不需要任何外在的诱惑，便犯下了连魔鬼都感到瞠目结舌的罪行。这种巨大的反差所营造出的强烈讽刺意味，是采用其他视角模式所难以达到的。

通过魔鬼的视角，我们也看到了人类本性中善良的一面。《看不见的人》中特梅尔对内森的不离不弃、细致的关心和照顾，让我们看到了人性温暖的一面。这种人性的温暖为严冬中的内森提供了无尽的力量，帮助他战胜种种心理障碍，在所有人的视线之外苟活下来。尽管最后内森并没有对自己的罪过忏悔，他的灵魂也没有得到安息，但特梅尔的无私付出却仍然为内森灰暗的人生增加了一抹亮色。当然，由于魔鬼是反人性的，所以这篇小说的叙事视角并没有过多地在特梅尔身上停留，也未着力去展现特梅尔内心的善良。相反，故事将更多的镜头留给了内森，竭尽全力去展现内森人性丑恶的一面。但是，细心而善良的读者却总能够透过魔鬼冷峻的视角，窥探到一点人类本性中那一丝温情，感受到人类前途的一线希望。

第四节　视角的转换

最早提出小说视角问题的卢伯克在《小说技巧》中说过，小说创作技巧中全部复杂的方法问题，都受到视角问题的支配。（卢伯克，1926）这就是说，适当的叙事视角可以影响小说的结构安排和叙事效果。而在长篇小说叙事中，作者为了增加小说的层次感往往会采取不同的叙事模式，借用不同的叙述者的不同视角来对故事进行充分的展示。短篇小说也是如此，辛格在其作品中也尽量尝试变换不同的视角模式，以期融合各种叙事模式的特点，实现最佳的叙事效果。

较为常见的一种视角转换形式是从第一人称回顾性视角侵入第一人称体验视角。在辛格几乎所有采用第一人称回顾性视角模式的小说中，都会发生这类视角的转换。如《傻瓜吉姆佩尔》中，小说一开始就采用回顾性的视角，回忆"我"作为傻瓜所经历的种种上当受骗的事情，短短几段列举了大量的事实，对吉姆佩尔的"傻"给予了充分的证明。但是由于是从叙述者回顾的视角进行叙事，叙事节奏又非常快，免不了会产生一种距离感。等到"我"和埃尔卡见面的时候，视角非常自然地由第一人称回顾性视角转入到第一人称体验视角：

> 我走进屋子，一条条绳子从这面墙拉到那面墙，绳子上晾着衣服。她赤脚站在木盆旁边，在洗衣服。她穿着一件破破烂烂的旧长毛绒长袍。她的头发编成辫子，交叉别在头顶上。她头发上的臭气儿几乎熏得我气也喘不过来。（Singer, 1982: 5）

这种视角转换的目的有两个：一是调整叙事节奏，降低信息密度，避免读者在单调的叙事节奏和密集的信息中产生倦怠；二是为了营造一种场景氛围，将读者带入到情景中，体验故事发生时人物的真实感觉。叙述者在这里从当时正在经历故事的视角来详细地描述埃尔卡的外形，是让读者能够深刻地体会他当时被欺骗的感受，同时避开叙述者对人物和事件进行的直接评价，将评价的权力交给读者，引导读者参与故事的解读，提高互动性。这种从第一人称回顾性视角直接侵入第一人称体验视角的现象在这个故事的其他地方也出现过，如下面这一段：

> 有一天晚上，面包铺发生了一桩灾难……我不想惊醒睡熟了的小东西，踮着脚走进屋子。到了里面，我听到的似乎不是一个人的鼾声，而仿佛是两个人在打鼾，一种是相当微弱的鼾声，而另一种仿佛待宰的公牛的鼾声。唉，我讨厌这种鼾声！我讨厌透了。我走到床边，事情忽然变得不妙了。埃尔卡身旁躺着一个男人模样的人。（Singer, 1982: 8）

在这段描写中，第一人称叙述者再次放弃回顾性视角，转而选择体验视角，除了能够起到延宕故事的效果，更是为了避免一语道破玄机可能造成的尴尬。从叙述者的角度来说，这些故事都是他经历过的，因此他十分清楚这件事情的真相，但如果直接把真相说出来，反而显得无趣了，也不能博得读者对主人公的同情。试比较：

（1）我从面包铺回来，发现埃尔卡和另外一个男人睡在一起。

（2）我回到家，发现了埃尔卡和别的男人偷情。

比较发现，叙述者从体验的视角详细描述当时的情形，既符合他"傻瓜"的身份特征，又能够拉近人物与读者之间的距离。后来当吉姆佩尔忍不住分离之苦、想要回家看老婆孩子的时候，视角又发生了转变，读者也随着视角的转变进入了吉姆佩尔的内心世界，体会他那种久别重逢的喜悦心情，感受他那种宽容博大的胸怀：

> 当我走近我老婆的房子时，我的心开始剧烈地跳动，好像一个犯罪的人的心一样。我不怕什么，可是我的心却怦怦直跳！嘿，不能往回走。我悄悄地抬起门闩，走进屋里。埃尔卡睡得很熟。我看着婴儿的摇篮，百叶窗关着，但是月光从裂缝里穿进来。我看见新生婴儿的脸，一看到她立即就爱上她，她身上的每一部分我都爱。（Singer, 1982: 10）

短篇小说由于篇幅的限制，不得不在全知视角和人物有限视角之间来回转换，以达到传递更多故事信息和增加故事趣味性的目的。以《市场街的斯宾诺莎》为例，小说在第一小节是从一个"全知"的叙述者眼光开始讲述故事的，透过他的视角我们看到了一个内心纠结、身心俱疲的学者形象。叙述者还不失时机地介绍了一些有关菲谢尔森博士的历史背景，诸如他的研究领域、身体状况等等，以增加读者对人物的了解。到了第二节，视角模式立即由全知视角转入人物有限视角，以人物的感知代替叙述者的感知。菲谢尔森博士先是站在最高的踏级上，向窗外望去。透过他的视角，我们看到了"两个"世界。一个是布满了繁星的天空，无限广袤，无限延伸。在这个世界里，人类只是宇宙的一个组成部分，是用跟天体相同的物质构成的，是神性的一部分。另一个是真实的人类世界，就在下面的那条市场街。这条街上人声鼎沸、熙熙攘攘，充满了生活的气息。菲谢尔森博士还看到了对面的哈希德教堂、楼下的酒店、半明半暗的疯人院。这些真实的生活跟他的"理性"是对立的，是胡闹的行为，是最虚荣的激情。在他看来，"七情六欲从来就不是好东西，他们追求的是欢乐，结果得到的却只是疾病和监狱，羞辱以及无知带来的苦难"。透过菲谢尔博士的眼光，读者看到的不仅是映入他眼帘的真实世界，更看到了他复杂的、充满哲学思辨的内心世界。进入第三小节，小说又进入了全知视角，叙事节奏也随之加快了。

　　全知视角与人物有限视角之间的这种相互转换在小说中非常自然，随处可见。例如当黑多比想请菲谢尔博士帮她读信时，她敲门无人应答，于是推门进入，视角模式立即由全知模式转入人物（多比）视角模式："只见菲谢尔博士和衣躺在床上，脸色蜡黄，喉结高高地突出来；他的胡须往上翘着。"再如，新婚之夜，当新娘和新郎进入拉比的屋子时，视角模式再次由全知模式转入人物有限视角模式，透过宾客们的视角可以看到：

> 多比戴着一顶阔边帽，帽子上装饰着许多樱桃、葡萄和李子；她身上穿一身拖着长裙的白色绸袍，脚上穿一双高跟的金色皮鞋，一串赛珍珠项链挂在她瘦瘦的脖子上。这还不算。她的手指上戴着亮晶晶的戒指和光彩四射的宝石。她的脸上罩着面纱。看起来，她差不多像一个有钱的新娘在维也纳的市政大厅举行婚礼呢。（Singer, 1982: 91）

　　一般来说，全知视角能够全方位地提供有关人物和事件的详细信息，帮助读者更加全面地掌握事件发生时的真实场景；能够提高叙事效率，但却容易在读者与故事之间制造出一种距离感。而固定人物有限视角却能够帮助读者走进人物，体验人物在经历事件时的感受，拉近读者与人物以及故事之间的距离。

　　在辛格的另一些作品中，总体上采用的是第一人称叙事视角模式，但在故事开始之前，往往会先以全知者的身份进行一段叙述或议论，目的主要是对人物和背景进行必要的介绍，帮助读者快速地掌握相关信息，为故事的发展做好准备。这是短篇故事视角模式的一个重要特点。申丹将这种视角的转换称作"隐性越界"，因为本质上来说，这仅仅是叙事语气或叙事风格等方面发生的变化，并未突破第一人称视角的极限，叙述者只是借用了全知模式的典型叙事手法。（申丹，1998）

　　在短篇小说《玩笑》中，在开始故事之前，叙述者从全知的角度对故事主要的人物进行相当程度的介绍。先是介绍了主要人物李伯金特·班代尔（包括他的出身、发家的原因、长相等），然后介绍了他的妻子佛黛丽的出身、长相，甚至还简要介绍了他的情妇。最后对故事主角瓦尔登博士的介绍可谓细致入微，从他年轻时的经历一直到现在年过花甲时的心理，包括别人对他的评价等等，都一一记录在案。尽管叙述者尽力想要暗示这些信息都是自己听来的，但却并没有明确采用这种人物有限视角模式。事实上，这种叙述正是典型的全知叙述的特点，突破了第一人称叙事视角的界限，更加接近全知的视角模式。作者选择在第一人称有限视角模式开始之前，采用全知视角模式对故事进行必要的铺垫，是为了尽量节省篇幅，这是符合短篇小说要求的。不仅如此，作者还可以在全知的叙述模式下对人物进行一些主观的评价，帮助读者理解人物和故事情节。如评价李伯金特·班代尔为"俗里俗气"，文章也"空洞无物"；把瓦尔登博士描述成"势利小人"，虽然受到资助，"却像个阔佬那样摆谱"。这种评价为故事的发展提供了合理的依据，后面的情节发展说明正是因为班代尔附庸风雅，他才会想尽办法将瓦尔登博士骗到纽约来；也正是因为瓦尔登博士贪财好色，才会上当受骗，最后客死他乡。

　　还有一种转换形式是从第一人称叙事视角转向全知叙事视角，主要是发生在叙述者为"魔鬼"的故事中。关于"魔鬼"的视角模式所具备的特点和优势，在上节中已有论述。从叙述者的身份来说，"魔鬼"是全知的，既可以从任何角度观察人物的行动，也可以随意进入人物的内心。但是从叙事角度来说，这类小说必然存在视角的转换。通常来说，叙述者"魔鬼"都是以第一人称开场，并非常明确地向读者介绍自己的身份，有时甚至还发表一下评论，为后面的故事情节设定背景或埋下伏笔。在故事正式开始之后，小说立即转入全知模式，叙述者处于一个"高点"，俯视人类世界发生的一切。这种情况非常特殊，是与叙述者的特殊身份密切相关的。作为叙述者，魔鬼是无法直接以故事中人物的身份参与故事情节的，因此也就无法以第一人称的体验视角呈现故事。但因为魔鬼和上帝同样具有无所不知的能力，所以"魔鬼"叙述者就理所当然地可以站在一个全知者的角度展示故事。在这类故事的一开始，叙事视角和"第一人称"回顾性视角非常相似，但当故事真正开始以后，叙事视角必然会从第一人称视角转向全知视角。如在《科里谢夫的毁灭》的开篇，叙述者就向读者明确自己的身份，并为后面的叙事造势：

　　　　我是太古的毒蛇，邪恶的撒旦。卡巴拉称为我萨摩尔，犹太人有时叫我"那个东西"。

　　　　众所周知，我喜欢安排奇特的婚姻，非常喜欢乱点鸳鸯谱，比如让老头和小姑娘、丑寡妇和年轻小伙子、瘸子和大美女、唱诗班领唱和聋女人、哑巴和爱吹牛的人结为夫妻。让我告诉你一个我在散河边的小镇科里谢夫策划的一桩"有趣的"联姻，它既让我有机会耍弄一些伎俩——迫使别人在一句"是"与"否"之间抛弃前世今生，也让我遭到了各种谩骂。（Singer, 1982: 94）

这种开篇让读者在一开始感觉故事会和其他人物叙述者讲述的故事一样，是以一种回顾性的视角讲述故事。但是，在故事开始之后，叙事视角很快转入全知视角，对故事人物的言行和心理活动进行了全方位的展示。"魔鬼"身份的优势显露无遗，使得这种心理描写顺理成章，比如文中的一段：

丽斯第一眼看到施劳麦尔的时候就深深爱上了他。有时候她相信在联姻之前就在梦中见过他的脸。还有些时候她确信在前世他们就是夫妻。事实是，我——邪恶的魔鬼为了推进计划需要这场爱情。

夜晚丽斯睡着了，我调出他的灵魂带到她的面前。然后这两人就交谈、亲吻、交换信物。她的脑子里满是他。她把他的容貌铭记在心，并对着他说话，这个幻象也回应着她。她向它袒露灵魂，它就安慰她，并对她说她想听的甜言蜜语。当她穿上裙子或睡衣时，她就想象施劳麦尔在场。她感到害羞，但好在她的皮肤又白又滑。有时候，她会向这个幻象问一些从小就让她困惑的问题："施劳麦尔，天空是什么？地有多深？为什么夏热冬冷？为什么死尸会在夜里聚在读经房里祈祷？为什么有人能看见魔鬼？为什么能在镜子里看见自己？"（Singer, 1982: 103）

从本质上来说，魔鬼的视角就是全知视角，因为这种视角几乎无所不及。但是，在这类以魔鬼为叙述者的故事里，魔鬼通常都会在开篇表明身份，同时对故事的背景进行交代，或是对故事进行预述，这种视角的确属于有限的回顾性视角。这种视角下的叙事通常在整个故事中所占比重不大，也容易被忽视。但通过分析可以发现，在辛格的"魔鬼"视角下，这种视角的确是存在的，由第一人称视角向全知视角的转换也是存在的。

第四章　辛格短篇小说中的叙事结构

　　叙事学研究的最主要特征就是要"尽力排除与社会历史和作者意图紧密相关的'文学'的概念，将研究的范围缩减到作品的文本"。（张寅德，1989：5）这就意味着叙事学主要的研究内容就是作品的内部形式结构，即作品组织和表现的方式，也就是"作品如何说"的问题，而非"作品说了什么"或"作品为什么这么说"的问题。在这个原则的指导下，叙事学试图对文学叙事作品的结构形式进行客观的描述，揭示其内在的普遍性规律。它所研究的对象并不是个别的、具体的叙事作品，而是存在于这些作品中的抽象的叙事结构。例如，托多洛夫那篇著名的《〈十日谈〉语法》尽管标题直指薄伽丘的一篇小说，但他在书中所研究的是一般的叙事结构，而不是这本书的结构。

　　遗憾的是，无论是托多洛夫，还是普洛普、布雷蒙、格雷马斯，都无法构建出能够表现所有叙事作品表层或深层结构的"语法"来，就和乔姆斯基的"转换生成语法"一样，或许真正的普遍语法原本就是不存在的。普洛普的"功能"序列可以用来描述民间神话的表层结构，但如果用来描述更为复杂的叙事作品，则要变得困难得多。但是，这些研究至少说明一点，即叙事作品尤其是文学作品在组织事件的时候总是遵循了一些原则，而这些原则在不同的故事之间表现出一定的相似性。叙事学家就是要找出这些带有共性的原则，不论是采用归纳还是演绎的方法。在没有发现这些共通的原则之前，我们至少可以针对一些具体的文学作品进行独立的结构分析。这种努力是有意义的，因为它可以帮助我们从结构的角度来揭示叙事作品的内在美。

　　辛格被誉为"当代最会讲故事的小说大师"，他的小说中充满了各种光怪陆离的故事，让人惊叹他的叙事天分。辛格对创作的要求很高，他只有具备如下三个条件，才开始讲述自己的故事：

1. 故事有悬念和情节，必须引人入胜。

2. 必须有激情写好这个故事，而且不写不行。

3. 必须确信，只有自己是唯一能够写好这个故事的人。

这三个条件除了能够表明对小说创作的激情和自信之外，更充分说明了辛格对故事结构的重视。辛格对叙事结构的高度重视是非常可贵的，因为他所处的当代美国文坛，乃至于整个西方世界文坛上，那种讲究结构完整、重视故事情节的"讲故事"的文学创作方式，似乎已经完全被抛弃了，更多的所谓现代作家都在竭力尝试一种结构支离破碎、人物扑朔迷离的文学表现形式。辛格对此非常不满，他认为真正的文学大师如莫泊桑、契诃夫、托尔斯泰等人从来都不注重表现人物的心理，或者至少不是以所谓的"意识流"为主要的创作方法。（Singer, 1985）相反地，他们只是尽力表现人物的语言和行为，用情节去表现人物的性格特征。而辛格本人一直都以这种创作方式为指导，虚心向这些大师学习。辛格的这种创作态度始终贯穿于他的短篇小说创作，从来没有动摇过。

本章对辛格作品的叙事结构研究将根据叙事学的结构理论，从小说的形态和事件的功能两方面对作品的叙事结构进行归纳和总结，并揭示这些结构模式在表现作品主题和展示人物性格方面的特殊功能。在此基础上，本章还将着重分析辛格短篇小说的开篇和结尾技法，以进一步论证结构模式在具体作品叙事中的作用和意义。

第一节　尽显小说形态之美的三种线性结构

对文学叙事作品的结构研究首推俄国形式主义的代表人物普洛普，他通过考察 115 篇俄国民间故事，试图提炼出支持故事情节发展的一个个事件要素，并将其一一归类。事件是怎样构成序列，序列又是如何结合构成序列的呢？结合的原则一是时间，二是因果关系。如果事件是严格按照时间顺序和因果关系组合起来的，那么故事就呈线性；如果打乱时间顺序和因果关系，那么故事就呈非线性。

传统的小说大多表现为线性，而一些现代小说尤其是实验性小说，则力图摆脱时间和因果关系的限制，表现出非线性的特征来。（普洛普，2002）

辛格的短篇小说在结构上尽管表现为不同的形式，但总体上呈现出线性的特征。从故事形态来看，我们可以大致将辛格短篇小说的叙事结构分为三类：链式结构、回形结构和圆形结构。在链式结构中，事件按照一定逻辑关系组合在一起，将故事自然地展现给读者。每个故事都围绕着一个主题有序地推进，就像是用一条线将每个事件串联在一起，形成一个链条。链式结构图示如下：

$$\longrightarrow$$

事件1　　事件2　　事件3

如上图所示，事件1、2、3被一根主线串联在一起，每个事件相继发生，直至最后的高潮。在这类链式结构中，事件的组合主要依据时间关系或因果关系。这种叙事结构尤其适用于短篇小说，线索清晰明了，情节非常紧凑，绝少有旁逸斜出的插曲。海明威非常善于在他的短篇小说中采用这类结构，如《我的老头》、《印第安人营地》、《了却一段情》等，都是以时间或因果为顺序，所有故事的事件如珍珠般被丝线串起，一一展示在读者面前。（韩伟伟，2010）

在辛格的短篇小说中，一些突出时间特征的故事如《康尼岛的一天》、《短暂的星期五》，事件的组合很自然地遵循了时间的顺序。《康尼岛的一天》中记录了我在这一天所经历的重要事件：吃早饭——在街上闲逛——与报馆联系——吃午饭——睡午觉——与依瑟见面。这些事件之间几乎没有任何因果关系，将这些事件联系在一起的就是时间因素。叙述者在这个故事中不厌其烦地交代自己在一天中的活动，目的就是要展示"我"在现代美国所经历的波折不断的生活，引导读者对美国犹太人生存状态进行遐想。当然，在这个过程中，唯一变化的因素除了时间之外，还有"我"的心情。在这短短的一天中，我的情绪由悲到喜，后又转为无奈，起起伏伏不断地发生着变化。

在另外一些小说中，时间因素和因果关系共同作用，将零散的事件组合起来。表面看来，《三次奇遇》中三次重要的事件就是以时间的顺序自然地组合在一起的：

20 岁时	2 年后	又过了 9 年
第一次相遇	第二次相遇	第三次相遇

如上页表所示，每次相遇间隔时间不等，而且表面上看来时间间隔很大，似乎不存在更为复杂的关系。当然，时间关系只是一种表层的结构关系，如果将事件进行细分，我们可以发现隐藏在时间关系背后的因果关系。在第一次见面时，"我"因为看到李芙柯尔容貌出众，嫉妒心和虚荣心便开始泛滥起来，使出浑身解数，极力鼓动她走出那个狭小的世界，走向更广阔的舞台。在"我"的煽动下，李芙柯尔终于按捺不住离家出走了，于是便有了第二次在华沙的见面。再见面时，李芙柯尔已不是当年那个青涩少女，而是经历了风尘、遭遇了不幸的人。就是因为当年"我"的那些极具煽动性的话，她才敢于摆脱宗教的束缚，大胆闯入世俗生活，进而流落街头。但是，面对自己酿下的苦酒，"我"并没有担负起责任，而是拒绝了她希望和我一起奔赴美国的请求。当第三次在纽约相遇的时候，李芙柯尔已经变得更加堕落，不仅改变了信仰，抛弃了孩子，而且为了能来向往中的美国生活，她甚至可以随便和他人发生不伦的关系。这三次相遇都是围绕一个主线展开的，即李芙柯尔在现代物质文明引诱下的信仰迷失和精神堕落。因为"我"的一番不负责任的话，使得一个人的命运发生了不可逆转的变化。作者也借此想要劝人慎言，因为"邪语"会引出"恶行"。

在另一些故事中，因果关系在事件的组合中表现得更为突出。《一次演讲》中的主要事件为：去蒙特利尔讲演——天气突变——火车晚点——在车站偶遇犹太母女——在陌生人家里过夜——老妇人猝死——与死尸为伴。这些事件原本毫不相干，只是因为一个突发事件引发了另一个，将本不相连的事件连到了一起。先是因为天气突然变化下起了大雪，使得原本顺利的行程变得难以预测。接着由于接站的主要负责人离开了，自己又不知道宾馆的名称，所以不得不随着一对母女而去，结果又出人意料地见证了犹太老妇人的死亡。在这个故事中，每两个相近的事件之间都表现为强烈的因果关系，环环相扣，将故事逐渐推向高潮，最终又缓缓落幕。

当然，这种深层的因果关系似乎还不足以解释"我"与这对母女偶遇的奇异经历，隐藏在结构下面其实还有一层更为深刻的逻辑关系，这就是"我"和千千万万具有共同生活背景的犹太人之间千丝万缕的联系。不论身在何方，似乎总有一些神秘的力量能将处于苦难中的犹太人联系在一起。在故事中，叙述者在火车逐渐离开美国将要驶入加拿大境内时描述了环境的变化：我们愈往前走，景色愈加萧瑟。这种环境为将要发生的故事营造出了一种悲凉的氛围，不仅让人感到压抑，甚至让人联想起那些在波兰不愉快的生活经历。在这种氛围下，"我"与一对命运坎坷的母女的相遇也成为一种偶然中的必然。在辛格看来，许多在战争中幸存的犹太人实际上处在精神崩溃的边缘，他们的不幸遭遇总是深深地吸引着他，不停地拷问着他，因为他的命运是和所有犹太人的命运紧紧联系在一起的。犹太人之间这种神秘的吸引力或许正是"我"总是能遇到一些身遭不幸的犹太人的内在原因，也是辛格许多短篇小说中"链式"结构的潜在原则。

概括起来，链式结构的特点就是用一根主线将所有事件串接起来，使得故事按照预设的轨迹逐步推进，直至故事的高潮。表面上，将事件连接起来的组合原则通常是时间和因果关系。但是，这种组合下面往往隐藏着更为复杂的逻辑关系，需要根据故事进行深入的分析，不能简单地加以处理。因为在辛格看来，事件万物都存在着一定的逻辑关系，伟大的作家如爱伦·坡等人的作品都存在结构上的逻辑关系。他们既不会扭曲现实，也不会扭曲逻辑。（Singer，1985）

圆形结构最突出的特征是叙事作品中的开始事件与结尾事件相呼应，使得故事表现出一种回归或是轮回。最具代表性的例子是哥伦比亚著名作家加西亚·马尔克斯的长篇小说《百年孤独》，故事由"现在"出发，最后又回到"现在"，形成一个时间性的圆圈。故事以布恩地亚家族的开创者来到村子的原址并着手筹建家园开始，又以村子里的一切被洪水冲刷干净结束。布恩地亚家族的兴衰正好经历了一个轮回，仿佛一切都没有改变，甚至一切都从来没有存在过，也没有留下任何印迹，时间和生命沿着一个圆形的轨迹运转了一圈，最终又回到了起点。圆形的故事结构特点图示如下：

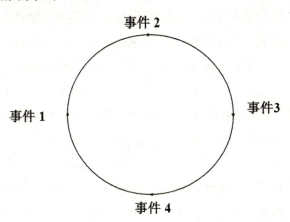

如上页图所示，每个事件按照一定的逻辑关系首尾相接，恰好构成了一个圆。辛格的不少短篇小说都呈现出这种圆形的叙事结构，其中《克拉克的绅士》的结构和《百年孤独》非常相似。故事开始于一个贫穷落后但非常宁静的小村庄，在经历了一番与魔鬼的游戏之后，村庄被毁于大火之中。清醒过来的人们又齐心协力重建家园，一切又恢复到以前。时间似乎没有改变任何事情，只在迷失的犹太人心中又留下了一条隐秘的伤疤。人类的灵魂经历了一次血与火的洗礼，生命浴火重生，人类的信仰沿着一条曲折的轨迹运动一番之后，最终又回到了原点。弥赛亚并不会按照人们的意愿如期而至，犹太人的苦难也不会很快终结，他们还要在现实的世界中苦苦挣扎、耐心等候，期盼着被拯救的那一天早日到来。

犹太人这种徒劳的努力在辛格的小说中一次次上演，不论是普通的犹太信徒，还是专门从事神职工作的拉比，都无法从这种命运的怪圈中摆脱。《那里是有点什么》中的拉比原本下定决心要从这种信仰的折磨中逃脱出来，却很快从现实世界中溃败下来，回到灰暗而略带微光的犹太人的精神世界中去。《教皇蔡得勒斯》中蔡得尔的命运更具备悲剧色彩，他原本是卢布林最伟大的学者，饱读诗书，对各种宗教法规烂熟于胸。但由于他不满于自己的现状，不满于犹太人对一切伟大事物的蔑视，终于在魔鬼的诱惑之下，放弃自己的信仰，转入基督教，希望能借此途成就自己的伟大，或者至少让自己能够保持一种傲气。但是事与愿违，很快蔡得尔发现，他所追求的精神境界在基督世界也不存在，这里的人们更加现实：在基督世界里生存意味着要放弃所有与犹太有关的有价值的东西，如果他做不到，那么等待他的就只有现实无情的嘲讽。

即使是在现代的美国社会，犹太人仍然无法改变命运的轨迹。他们或是因为受到战争的摧残而处于精神崩溃的边缘，或是迷失在纷乱的物质世界里无法挣脱。犹太人或能改变一时的物质条件，但在辛格看来，他们的精神和信仰仍然无法得到救赎，他们为此所做的一切努力也只是留下一个个圆形的轨迹，最终复归于零。短篇小说《心灵之旅》的故事背景就是以现代美国社会为背景的。故事中的"我"生活在纽约的百老汇，和辛格本人一样都是作家。故事开始于"我"喂鸽子时遇到的一位灵异专家，应她的邀请参加了一个旅游团队，奔赴以色列为游客们解说卡巴拉。在以色列的所见所闻让"我"深感失望，加上不幸遇到战争，最终狼狈逃离返回纽约。有意思的是，故事同样结束于喂鸽子的场景，与故事开篇形成了强烈的照应。只是场景虽然相同，人的心境却经历了一番波折。

在故事中，让"我"耿耿于怀的是，卡巴拉被人们与灵异意念的精神活动混为一谈，传统的犹太宗教被无端地曲解。即便是在犹太人心目中的圣地，犹太宗教信仰也不复从前。犹太人也不再专注于自我的救赎，而是热衷于政治和战争。"我"为眼前看到的一切感到无助和悲伤，为犹太民族的命运和前途感到迷茫。用文中的话来说，"我"甚至感到自己变成了一个"宿命论者"：

> 如果命中注定要生存，那么你就会生存；如果注定要死亡，也不是什么不幸。究竟是否有"死亡"这种事情？那是由人类的懦弱所发明的一种东西吧。(Singer, 1982: 522)

《心灵之旅》的故事结构符合典型的圆形结构的特点。故事中"我"从犹太人自己的国土逃离，回到了自己出发的始点，避开了所有人的视线，仿佛从未离开过。对于犹太人心目中神圣的以色列，"我"并不十分认可，因为那里尽管充斥着激情，却偏离了犹太民族的传统，被欲望所控制，和现代的美国社会并没有本质的不同（因为坚持和宣扬这种观点，辛格还受到许多犹太人的指责，被称作"以色列的叛徒"）。而玛格丽特则更加偏激，她所信奉的意念和精神力量则完全与犹太宗教相悖。这种力量或许比较强大，但如果犹太人或犹太民族被这种力量左右，那么犹太民族的未来就更令人担忧了。无论如何，"我"的这次"心灵之旅"并没有让我焦躁不安的心灵得到慰藉，自己对犹太民族的担忧也没有得到任何缓解。对于"我"来说，所有的一切都没有改变："我"虽经历了一次长途的旅行，但对信仰和现实的判断却没有向前迈进一步，仿佛还留在原地。

有意思的是，在故事的开头、中间和结尾都出现过"鸽子"的形象，它一方面象征着在苦难中苦苦挣扎、寻求光明的犹太民族，另一方面又强化了故事的圆形结构特征。在故事开头，"我"匆匆忙忙地赶去喂鸽子，是因为听说鸽子快要渴死了。在故事的中间，当我陷入迷茫的时候，鸽子又适时地出现。这是一只身处战地的鸽子——瘦弱而无助，它的出现更加剧了我的忧伤。在故事的结尾，雪中的鸽子振翅欲飞，无奈却未能成功。作者借助鸽子的形象向所有人发问：究竟犹太民族何时才能得到救赎，何时才能自由地飞翔、自由地呼吸？从结构的角度来分析，"鸽子"总是在故事的重要环节出现，既协助作者完成了故事的结构安排，也赋予了故事一定的象征意义。故事以"喂鸽子"开始，又以"喂鸽子"结束，仿佛一切都未改变，只是经历了一次生命的轮回罢了。

也许在辛格看来，叙事结构上所表现出来的"圆"，实际上具有一定的现实隐喻效果。在旧世界里挣扎的犹太人永远也无法摆脱命运的桎梏，他们为此所做的一切努力都是徒劳的。他们所有的不满和挣扎，就好像圆规一样在纸上画着一个个圆圈，无休无止。他们无法抗争，更无权计较生命的尊严。旧世界的犹太人如此，现代美国社会中的犹太人也不例外，难逃命运的捉弄。他们在物欲横流的现实世界里不断挣扎，努力寻求精神上的救赎，但最终都以失败结局。他们唯有默默地祈祷，怀着微弱的希望，踯躅在圆形的生命轨迹上。

回形结构是一种分层次的叙事结构，即在一个故事中套着另一个故事，两层故事构成了一个回形。最典型的例子要算是阿拉伯民间文学《一千零一夜》，山鲁佐德为了不被可怕的苏丹国王处死，只好每夜津津有味地讲述着那些妙趣横生的故事，以维持她的生命。回形叙事结构就是在故事中不停地变换叙述者，在故事里插入故事。这类结构可以用简单地作如下图示：

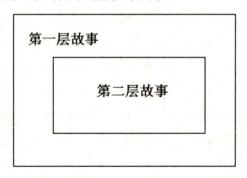

如上图所示，第二层故事包含在第一层故事之中，两层故事在故事时间、人物关系上并没有必然的联系。辛格对这种传统的叙事结构似乎也非常钟爱，在多篇故事中都加以采用，如《两姐妹的故事》、《激情》、《卡夫卡的朋友》、《咖啡馆》、《救济院的一夜》等等，都采用了这种回形的叙事结构。

这类结构故事中通常都会出现叙述者身份发生转换的情形。在第一层故事中，叙述者以回顾性视角展开与某个或某些人物之间的故事，然后再由其中一个主要人物展开叙事，引出另一个故事。就这两层故事的重要性来说，后者更为重要。如《两姐妹的故事》中，故事开始于一个咖啡馆，"我"和一位名叫里奥的诗人约会，准备要听此人讲故事。这是第一层故事，情节非常简单，除了概要地介绍了人物的背景以外，其他的信息几乎为零，甚至连"我"和此人的关系都没有明确的说明。故事很快就进入第二层，里奥成为故事的叙述者，他的叙述占据了小说的大部分篇幅。通过他的讲述，我们听到了一个有点令人匪夷所思的故事。故事发生在二战刚刚结束的时候，大约在 1945 底至 1946 年初。里奥在归乡的途中遇到了一位让他一见倾心的姑娘。在主动与她结识的过程中，里奥了解到，这位姑娘来自一个哈希德家庭，名叫德波拉或多拉，受到过良好的教育。她的父亲和兄长都死于战争，母亲死于饥饿和疾病，还有一个姐妹伊塔失踪了。后来多拉得知姐姐在被运往集中营的途中跳了火车，逃到了俄国，与一位俄军中级别很高的犹太工程师生活在一起。军官死了以后，姐姐被关进了疯人院，多拉一心想回到俄国找到姐姐。里奥答应与多拉一起找伊塔，历尽了千辛万苦终于如愿以偿，将两姐妹都带回了德国。里奥与两姐妹共同生活，但同时也失去了自由。两姐妹既浪漫又疯狂，情绪变化无常，让里奥吃尽了苦头。很快三人之间矛盾丛生，彼此都感到非常的压抑，最终里奥选择了逃离。在这个故事中，辛格一如既往地选择了他最关注的战后犹太人。在战争中，大批的犹太人被屠杀，其悲惨程度一点也不亚于 16 世纪的大屠杀。在战争中幸存的犹太人由于受到严重摧残，精神状态都非常的不稳定，处于一种随时崩溃的边缘。故事中的两姐妹就是典型的例子，忽而兴奋，忽而悲伤，情绪极度地不稳定。对所拥有的东西不能够确定，始终处于一种患得患失的状态。辛格的字里行间充满了一种悲观的情绪，处处体现了对犹太人前途和命运的担忧。

　　辛格采用这种故事中包含另一个故事的叙事方式，有三个方面的优势：一是有利于与读者的交流。在叙事过程中，第一层的叙述者在将叙事权力交给第二层的叙述者后，自动地转变为受述者，代替读者向叙述者发问。而第二层故事中的叙述者因为有受述者在场，也会主动与受述者进行交流，这个过程实际上也是叙述者与读者的交流。如在《两姐妹的故事中》，叙述者多次在讲述的过程中稍作停顿，主动与受述者进行沟通，增加文本与读者的互动。二是因为采用这种叙事结构非常经济。因为真实作者并没有亲身经历二战，无法以故事人物的身份直接讲述故事，选择一个故事人物以回顾的方式讲述故事，可以非常自然地展示故事的细节和人物的情感。如果仅仅采用转述的方式，则无法实现进入人物的内心世界，讲述的故事就会显得非常单薄。第三，采用这种故事内套故事的叙事方式，可以借助人物叙述者之口表达对敏感话题的意见和态度，避免直接评论可能造成的麻烦。在《两姐妹的故事中》，作者借里奥之口表达了自己对希特勒和斯大林的强烈不满，把他们混为一谈。这样的评价在当时的美国社会也许不会引起强烈的不满，但在其他国际社区就难说了。另外，辛格笔下的许多人物都是在战争中受到严重的精神和生理伤害的犹太人，而且几乎都为女性，这实际上让许多犹太人感到非常不舒服，甚至有些人恶意地认为辛格是有意地丑化犹太人。在小说中借用人物叙述者之口来表现犹太人的悲剧命运，能够或多或少地消减小说给犹太社区带来的不快情绪。

在回形叙事结构中，故事的重心通常处于第二层，短篇小说尤其如此。因为篇幅所限，短篇小说的第一层故事结构几乎都不完整，人物关系交代得不是很清楚，情节也非常简单，这些特征在辛格的短篇小说中体现得非常明显。在《两姐妹的故事》中，我们几乎弄不清楚第一层故事叙述者和第二层故事叙述者（里奥）之间的关系。他们或许是朋友关系，或许是在咖啡馆偶然邂逅的陌路人，也可能仅仅是作家与故事提供者之间的关系。为了体现故事的叙事重点，第一层故事叙述者在第二层故事开始之后随即隐身，将话语权几乎全部交给第二层故事叙述者，在叙事过程中几乎没有出现。在第二层故事叙述结束之后，第一层故事也随之结束。偶尔出现的交流互动也几乎全部是单向的，例如在叙述中段，叙述者里奥主动与受述者进行交流："我知道你打算要问我——有点耐心。是的，我与她们两个同居……"这样的处理是为了更充分地体现回形结构中第二层故事的中心地位。

辛格短篇小说的形态之美在这三种结构模式中得到了充分的显示。在每种结构模式下，辛格看似随意泼墨、无心安排，但作品整体看来却环环相扣，每个事件之间都有千丝万缕的内在联系，处处体现了辛格在结构安排上的独特匠心，正如尹岳斌所评价的那样："前后关照、变化多端、浑然一体，却又不露刀工斧凿的痕迹"，"信手拈来即文章，随处落墨皆生发"。（尹岳斌，1984：14）

第二节　"信仰"主题的结构异化

布雷蒙把"功能"作为叙事文本的基本单位，认为所叙故事不能是一成不变的单线性功能链条，每一个功能不是自动通向下一个功能，而是可能在一系列可能的发展方向中进行选择。（布雷蒙，1989）从功能的角度来看，辛格的许多短篇小说都是围绕着信仰这条线来结构的，故事中的人物都必须在信仰上做出选择。

根据故事不同的发展方向，我们大致可以将辛格短篇小说中的"信仰"主题异化为四类结构：背弃—回归、坚持—救赎、堕落—泯灭、迷茫—幻灭。

辛格的很多短篇小说都描写了犹太民族如何放弃自身宗教和文化传统寻求其他文化依附的漫长而复杂的过程。在这个过程中，犹太人经历着痛苦和剧烈的思想斗争，或是想要背弃自己的犹太身份，或是对犹太宗教产生了怀疑。但是所有的努力都只是徒劳，因为犹太人身上的文化和宗教烙印太深，以至于他们的背弃只是一厢情愿。他们无法真正融入非犹太的社会中去，最终只能选择回归。（程爱民，2001）

《那里是有点什么》就是背弃—回归这一结构最好的例子。在这个故事里，主人公尼切米拉拉比陷入了可怕的困境：他的思想和上帝进行激烈的争论，责备上帝的无情和冷漠；他和魔鬼进行对话，梦见犹太人遭到魔鬼无情的杀戮和迫害。拉比的事业和家庭岌岌可危，在无比的矛盾和痛苦中，他感觉到自己将要崩溃，再也无法承受眼前的一切。经历长时间的困惑之后，拉比毅然决定采取行动——背弃自己的宗教信仰，逃离这一切让他烦躁不安的生活，去非犹的世界里闯荡一番。在经过精心的准备之后，拉比终于逃离自己熟悉的一切，进入到异教徒的世界。但是这个世界对他来说更加现实和残酷，他不得不忍受饥饿的折磨，阅读充满谎言和污秽的书籍，见证抢劫和凶杀的发生……一切都是难么肮脏和丑陋，让他难以呼吸。最终，在无比的失望和迷惘中，拉比返回了小镇，重归信仰。再次坚定信念之后，他也似乎重新看到了微弱的希望。

同样的结构也出现在《小鞋匠》中。这是一个具有史诗特点的故事，在辛格的短篇小说中并不多见。故事中小鞋匠的家族声名远播，做鞋的手艺非常高超，并且代代相传。传至艾巴这一代，他的技艺已达炉火纯青的境界，加之他本人笃信犹太宗教，诚信待人，在弗拉姆波尔享有很高的威望。艾巴育有七子，按照家族传统，做鞋技艺要传给长子吉姆佩尔。艾巴创造各种优越的条件，细心调教长子和其他的孩子。一家人互相扶持，生活蒸蒸日上，而艾巴丝毫没有忘本，仍然恪守祖训。但是，长子吉姆佩尔却厌倦了这种单调而没有前途的生活，决定迁往美国发展。很快，他的其他六个儿子也都陆陆续续地离开家乡远赴异国他乡谋求发展，并最终在美国取得了成功。很多年过去了，艾巴仍然过着一成不变的生活，简单而有规律。直到他年纪越来越大，加之思子心切，最终他决定接受儿子们的邀请，去美国看一看。在极度繁华的美国，艾巴感到极度的不适应。他的儿子们也一样，物质条件的改善并没有让他们生活地更快乐，相反他们却感到无比的空虚和失落。最后当他们又在父亲制鞋的小作坊里忙活起来的时候，一切仿佛又回到了美好的过去，生活似乎又重新变得有意义了，他们的灵魂再次得到了慰藉。故事中小鞋匠祖辈都以制鞋为生，其精湛的制鞋手艺实际上代表了犹太人的文化传统。作者试图通过这个故事传递这样的信息：犹太人的文化、习俗甚至包括服饰都是他们身上挥之不去的印记，任何背弃的行动都是徒劳的，只有回归传统、回归文化，才能让犹太人的身份得到真正的显现。背弃—回归是辛格非常偏爱的一种叙事结构类型，他在小说中安排人物选择回归信仰，实际上反映出了自己内心的精神需求。

在另外一些为数不多的故事中，辛格笔下的人物在面对诱惑时不为所动，坚持犹太传统和信仰，最终在精神上得到了解脱，甚至可以说得到了救赎。在这类坚持—救赎结构中，辛格似乎想要从正面传递这样的信息：只有坚定的信仰才能让你获得生存的真正意义。

《傻瓜吉姆佩尔》中的吉姆佩尔被所有人当作傻瓜，经常受到欺骗，一会儿有人告诉他拉比的老婆怀孕了，一会儿又有人装狗叫吓唬他。吉姆佩尔是个孤儿，在镇上的面包房当学徒，但几乎每个来买面包的人都要想办法捉弄他。每次遇到这种情形，吉姆佩尔总是说服自己相信别人，因为他实在找不出不相信的理由。他到拉比那里去请教，拉比也告诉他"做一生傻瓜也比作恶一小时强"，"使他的邻人感到羞辱的人，自己要失去天堂"。吉姆佩尔想要离开小镇到另外一个城市去，但是大家却想尽办法劝说他娶了荡妇埃尔卡，她有一个私生子，但人们却骗他说是她的弟弟。被迫无奈的情况下，吉姆佩尔娶了埃尔卡为妻。但是婚后埃尔卡不许他与她同房，四个月后却产下了一个男孩。吉姆佩尔非常苦恼，但是很快忘记了烦恼，开始喜欢上这个孩子了。一天晚上，吉姆佩尔偶然回到家中，却发现埃尔卡和另一个男人睡在一起。他非常愤怒，再次向拉比求救。拉比要他和埃尔卡离婚，但是吉姆佩尔却犹豫起来，并尽量说服自己或许是看错了，用他的话来说就是：今天你不相信你的老婆，明天你就会不相信上帝。但是很快他再次看到埃尔卡和自己的学徒睡在一起，他又一次忍受下来了。很快过了二十年，埃尔卡患上重病奄奄一息，临死前向吉姆佩尔请求宽恕，并告诉他所有的孩子都不是他生的。在遭受重大打击之后，吉姆佩尔受到魔鬼的诱惑，也想到过要采取报复行动，但是在最后关头，他悬崖勒马改变了想法。在极度失落的心情下，吉姆佩尔将所有积蓄分给孩子，踏上了流浪的旅途。这个故事似乎弥漫着一种悲伤的情绪，故事的主人公为了坚持信仰付出了巨大的情感代价。但辛格正是要借此向读者传递这样的信息：这是一个虚幻的世界，只有心中坚持对上帝的信仰，才能真正得到救赎。正如作者在小说结尾写道：

> 那儿（真实世界）没有任何纠纷，没有嘲弄，没有欺骗。赞美上帝：
> 在那儿，连吉姆佩尔都不会受欺骗。（Singer, 1982: 14）

堕落—泯灭结构在辛格的很多篇短篇小说中反复出现，它其实反映了辛格的宗教信仰，也不断印证着犹太民族的生存现状。辛格相信上帝的存在，但对人类是否能够真正得到救赎心存怀疑。用他的话说："他（上帝）肯定居住在第七重天，距离我们有无穷远。有一点可以肯定，他不在这儿。"在这个没有上帝的真实世界里，恶魔当道，人类无法保护自己，在魔鬼的诱惑下渐渐地堕落，最终陷入无底的深渊，不能自拔。

在《死而复生的人》中，阿尔特原本是个富裕的商人，一日却突然要死了，在妻子什拉芙·莉娅的呼唤下却又死而复生。但是复活之后的阿尔特却像是变了一个人，没有了信仰，似乎是恶魔俯身，干尽了伤天害理的事情——欺压百姓，欺骗合伙人，还卷走所有家当和一个女人私奔了。阿尔特很快将钱挥霍一空，并因为犯罪被投入监狱。当邪恶的丈夫陷入低谷时，妻子并没有远离他，而是再次伸出援手，将丈夫从监狱中救了出来。但阿尔特并没有因此改过，反而变本加厉，开始偷盗，并成为一帮混混的头儿。最终阿尔特没有逃脱命运的惩罚，在一次械斗中被哥萨克士兵杀死。

同样的结构在《看不见的人》中再次出现，故事中有钱又正派的丈夫在魔鬼的鼓动下和淫荡的女仆跑了，最后落得一贫如洗，变成不知名的乞丐，接受再婚妻子的照应。在《克拉科的绅士》中，魔鬼化身为富裕的绅士，被克拉科小镇上的人当作救世主弥赛亚一样供奉。全镇的百姓在魔鬼的诱惑下，恣意放纵，最后在大火中被毁灭。

需要指出的是，辛格笔下群魔乱舞的世界就是真实世界的写照，我们生活的世界充满了痛苦和不幸、喧嚣和混乱、贪婪和偏执。在真实的世界里到处是折磨，犹太人几乎没有能够得到宽恕和救赎的希望。这些故事如此黑暗消沉，使得辛格因此遭到意第绪文坛的猛烈攻击，认为他背叛犹太情感的道德本质。但事实上，辛格并没有背叛任何人任何事，更没有背叛犹太的理想主义。他以堕落—泯灭作为故事结构的真正用意是："罪恶的存在证明了人间仍有圣洁的救赎，圣洁的光芒可以驱散魔鬼。"同时，辛格告诉我们："犯罪是因为误入歧途，伤害和忧伤都是非人性的、反人性的力量所致。"（Ozick, 2004）在没有得到救赎之前，犹太人的确生活在一个残酷的现实世界，犹太人只有坚持信仰，拒绝一切诱惑，才能等到光明的那一天。

迷茫—幻灭结构在辛格短篇小说中也是频繁地出现。辛格借助这类结构主要想要表达这样的主题：生活在真实世界里的人由于信仰的缺失，失去了生活的目标，陷入深深的迷茫和无助，看不到前途有任何光明，渐渐地放纵自己，并最终目睹所有幻想的逐个破灭。这类故事中的人物主要是两类人：一是受过战争创伤、伤口无法愈合的犹太人；二是移民到美国后精神上无法皈依的犹太人。在他们的世界里，上帝总是隐藏着自己的面孔，他们的精神得不到救赎，只能一点一点地沉沦下去。

在《老有所爱》中，主人公哈里·本迪纳年逾八十却孤身一人，虽腰缠万贯却体验不到一点生活的乐趣，如行尸走肉般地苟延残喘。但命运却偏偏不放过他，让他在对生活不抱任何希望的时候遇到一位年轻的红颜知己。两人一见如故，哈里甚至又重新燃起对生活的希望。但此时曾有精神病史的布罗克勒斯夫人却突然自杀了，让哈里刚刚燃起的希望又迅速破灭了。故事的结局耐人寻味，让我们不得不感触现代人精神世界的荒芜和信仰的缺失，重新开始思考生活的意义。作者有意在结尾借用哈里对读者进行发问：

> 她（哈里的女儿）为什么要跑那么远呢？是不是她父亲的去世让她感到绝望呢？她不能容忍她的母亲吗？或者早在她这样的年龄，她就已经认识到人类的一切努力都是徒劳的，从而决定做隐士了呢？她在努力地发现自己呢，还是努力发现上帝呢？（Singer, 1982: 433）

哈里在这里就是典型的美国犹太移民，在异国他乡找不到归属感。更主要的是，在美国的犹太移民没有了宗教信仰，实际上也失去了精神的家园，失落感和孤独感必定如影随形。在小说《旅游巴士》中的韦厄豪弗夫人则是另一类人物的代表——受过战争创伤的犹太人。韦厄豪弗夫人是一个二战幸存者，战后嫁给了一个瑞士银行家，并改变信仰皈依了基督教。在这次巴士旅行中，通过"我"的叙述，读者看到了一个有些神经质的人物形象：整日喋喋不休、对丈夫心存不满、对同行的人恶语相加。在最终发现自己很难被现实的社会所接受以后，她选择了逃离。从这个故事中我们也可以看出辛格对二战中犹太人的态度：一方面怒其不争，厌恶他们借助战争中的悲惨遭遇博取同情；另一方面又对他们的不幸表示同情，希望他们能够尽快愈合战争创伤，回归正常的生活。

在辛格的短篇小说中，很多作品都是单一结构的，即故事主要围绕一个人物展开。还有一些作品的情节结构是复式的，即故事沿着两条线同时展开，故事中的人物有各自独特的发展轨迹，两种结构相互映衬，并最终相交于一点。《傻瓜吉姆佩尔》中一条线记述"傻瓜"吉姆佩尔的心路历程：坚持—救赎，另一条则记述"荡妇"埃尔卡从堕落直到泯灭的过程。两条虽然各自发展，但却不时地纠结在一起。直到埃尔卡在临危之际向吉姆佩尔请求谅解的时候，两条线最终相交于一点。同样的结构在《小鞋匠》中再次出现。老鞋匠自始至终坚持犹太人的传统，不敢有丝毫的怠慢；与之相对应的是，老鞋匠的几个儿子纷纷走上了背弃传统的道路，去异国他乡开创崭新的生活。两条线彼此纠缠、相映成趣，并最终归结到一点，最终老鞋匠和他的儿子们都选择了回归。

以上四类叙事结构虽有差异，但其实都可以归为一点——信仰。辛格的短篇小说中虽然充满了鬼神幽灵，但真正的核心却是信仰问题。正如他在诺贝尔文学奖获奖演说中开头呼吁作家要深入关注他那一代的各种问题。

> 今天，宗教的力量，特别是对上帝的信仰，比人类历史上其他任何时期都弱小淡薄……越来越多的孩子在成长过程中不相信上帝，不相信报应和惩罚，不相信灵魂的不朽，甚至不相信伦理道德的效力。（Singer, 2006: 317）

辛格认为作家的职责之一，就是要帮助人们重新树立起对宗教的信仰。因此，在辛格的作品尤其是短篇小说中充满了各种各样的人物主题：拉比与罪人、理性主义者和神秘主义者、企图拯救世界的人和宿命论者、虔诚的犹太教徒和渎神者以及鬼怪幽灵等。当然，尽管辛格希望"文学能给哲学、宗教、美学，甚至社会等领域带来新的天地和新的视角"，但他并不认为文学能够终究取代宗教。相反，他认为文学仅仅只有娱乐的功能。（Singer, 1979）

辛格出生于犹太拉比家庭，从小耳濡目染，也阅读了大量的宗教书籍，甚至

101

在神学院接受过教育。这种特殊的宗教背景在他的作品中有非常充分的表现，宗教题材是他屡试不爽的选择。可以说，辛格创作的过程就是他对宗教或是上帝问题的探讨过程。就个人来说，辛格虽然不能算是虔诚的犹太教徒，却是斯宾诺莎式的"泛神论者"，笃信上帝的存在，并且坚信上帝对人类充满怜悯之情，为处于困境中的人们不断地提供精神上的支持。"我总是感觉上帝在赋予我们才能的时候非常吝啬，他没有给予我们足够的智慧和力量，但当涉及情感时他却变得非常慷慨。他赋予我们如此强力的情感，即使是白痴也会变成情感的富翁。"（Singer，1985：85）因此，我们可以在辛格的创作中时时感受到他所传递出的强烈的激情。但是，上帝在人类面临灾难时并不总能显示自己，有时甚至是冷漠无情，因此他的作品中经常会出现对上帝的诘问。

第三节　匠心独运：开篇与结尾艺术

辛格认为任何好故事都必须具备完整的结构，正如亚里士多德所说的那样，所有的情节都必须具备开头、中部和结尾。不仅如此，辛格还认为所有的短篇小说都必须具备悬疑的效果，好的故事必须让读者在读第一页的时候，无法预知后面的结果。（Singer，1985）尽管许多现代的研究者试图对此提出质疑，认为现代小说完全可以摒弃传统结构，小说可以不具备开头和结尾，不受任何约束地自由展开，但在辛格看来，这种观点是荒谬的。他极力反对某些新派小说刻意破坏结构的做法，努力在小说中构建完整的叙事结构，尤其注重打造小说的开篇和结尾。

传统的文体学家和叙事理论家都将叙事结构的重点放在故事的"开头"上，他们共同的结论是：开头难。对短篇小说来说，开头显得尤为重要。辛格在短篇小说"开头"的处理上可以说是炉火纯青，读者在开始阅读以后往往就很难再放下，许多小说甚至要一口气读完才能释怀。

辛格非常注重故事的悬念设置，而悬念的设置可以借助各种不同的叙事技巧。在小说开头，作者通常可以通过叙述者欲言又止的语气来设置悬念，吊起读者的胃口，激发起故事内的受述者和故事外的读者听故事的兴趣。例如在《弄妖术的人》开头，作者这样开篇：

"世界上有弄妖术的这号人，真的有，"延特尔姑妈说道，"我自己就知道一个，不过这故事在安息日可讲不得。"

"为什么讲不得？"雷切尔姑妈问道。"安息日谈谈妖术又不犯忌。"

"真的吗？那好吧。我小的时候……"（Singer，2006：44）

这个故事的开头通过叙事者延特尔姑妈之口，先是提出故事的主题——世界上有弄妖术的人，而且语气非常坚定，毋庸置疑，制造出一种紧张神秘的氛围。然后又戛然而止，提出安息日不能讲这类妖魔之类的故事，故意卖关子，引发受述者追问，带动故事自然地铺开。这类欲擒故纵的伎俩并不复杂，但却非常有效，也非常具有生活气息，能够唤醒我们儿时的记忆。大多数读者可能都具备这样的经历：小时候我们缠着老人给我们讲故事，而他们却总是欲言又止，故意推脱。只有在我们不断地央求声和催促声中，他们才愿意继续讲述。辛格从小就爱听故事，尤其喜欢听母亲讲述的各种稀奇古怪的故事。可能是因为耳濡目染，也可能是对儿时美好时光的纪念，辛格在短篇小说中再现了生活中老人给孩子讲故事的情景。这种情景既简单又熟悉，很容易在无数读者中间产生共鸣。

同样的技法在《打赌》中也再次被使用。在开头一段静物描写之后，故事中的叙述者和受述者展开了这样的对话：

他说："这个故事说来话长，不是今天能讲完的，你们现在大概想睡觉了吧。"

"睡觉？"女主人惊讶地说。"现在才六点一刻。瞧！"她指了指那座有长钟摆、用犹太语字母表明时刻的时钟。

她丈夫说："着什么急呀？冬天夜长，反正有的是时间睡觉。我们过一会儿还要吃茶点呢。"（Singer，2006：244）

作者在这个故事中同样借故事中的人物叙述者之口，故意卖关子，吊起受述者的胃口。而故事中的受述者也非常配合，毫不掩饰地向故事叙述者表达了自己按捺不住的心情。同样，在故事外，作者也充分利用了读者急不可待的心情，将读者的注意力完全吸引到故事上。不仅如此，在故事进行到紧张激烈的时候，作者又故技重施：

"如果你们不想让我讲下去，我就不讲了，"客人说道，"你们年轻人……你们才开始生活……"

"雷泽尔，你确实使我在客人面前丢脸，"丈夫说，"你不应当这么胆小。反正人皆有一死。有朝一日，我们也会死的。"

"哎呀，可别这么说！"

"请原谅我，我要去睡觉了。"客人说道。

"不，不，老兄。这个家的主人是我，不是她。如果她不想听，她可以走开……"

"说真的，我可不希望在你们夫妻间制造不和。"客人说，"你们和好后，那时候就会迁怒于我……"

"不，继续讲吧。既然我丈夫希望你往下讲，那我也想听下去。"

"你会做噩梦的。"

"讲吧，讲吧。我自己也好奇。"（Singer, 2006: 248）

在另外一部分作品中，作者在开头即向读者介绍一些异于常规的人或事，并借助这些奇人异事营造某种紧张氛围，激起读者的好奇心，吸引读者继续阅读下去。如《死而复生的人》这样开头：

"你可能不相信，但是世上确有死了又活过来的人。在我们图尔宾镇，我就知道有这样一个人，一个富翁。他得了不治之症，医生说，他的心脏下边长了一个脂肪瘤，但愿我们谁也别得这种病。他去温泉旅行，想消除肿瘤，但是不管用。他名叫阿尔特，他妻子叫什芙拉·莉娅。我可以看见他们俩，好像他们现在就站在我眼前一般。"

在这个故事的一开始，作者首先试图向读者讲述一个人死后又复生的故事，因为故事过于匪夷所思，所以作者在讲述开始就主动为读者打预防针，诚恳地提出——"你可能不相信"，但恰恰是因为作者这种貌似坦诚的态度，却能轻而易举地起到一种"故弄玄虚"的效果。任何有好奇心的读者都会因此产生诸多疑问和想象：究竟是怎样的人能够死而复生？故事中的人物究竟遇到了什么样奇特的经历？死后又活过来的人与先前会有什么不同？……为了寻求这些问题的答案，读者自然会循着故事设计好的路线往下走，直到自己的疑问一个个被解开，自己的想象得到满足。可以说，辛格这种开篇技巧看似并不十分高明的，也并不复杂，但在他的短篇小说中却屡试不爽，尤其是将这种技巧与生活在社会底层的叙述者配合使用，就显得再自然不过了。再比如在《胡子》中作者这样开头：

> 一个意第绪作家竟会发财，这简直叫人难以相信。可是这样的事就发生在班迪特·帕普科身上，他是个身材矮小的麻子，带着一身病，瞎了一只眼，瘸了一条腿。（Singer, 1979: 276）

在这个开头中，作者同样采用了类似故弄玄虚的技法。叙述者先是主动承认这个故事"简直叫人难以相信"，接着又话锋一转，以十分肯定的语气强调事情的真实性，并且提供了诸多与描写对象有关的细节。这种一收一放的处理方法，与叙述者呢喃似的自语相互配合，使得读者在将信将疑中被激起了好奇心，并且产生了一探究竟的欲望。这样，作者的叙事意图也就很容易地达到了。

可以说，辛格在小说开篇所采用的这种"欲擒故纵"和"故弄玄虚"的技巧并不十分高超，但却十分有效。从表面上看，这种做法似乎直接源于乡间村野之民的做法，不仅露骨直接，且有哗众取宠之嫌。但在辛格看来，文学艺术最古老的目的就是娱乐大众，任何文学创作如果离开了这个原则，则会变得毫无意义。他曾经在访谈中说过，只要他的故事能够给读者半小时的娱乐，他就感到非常满足了。（Colwin, 1978）因此，只要某种叙事技巧能够打动读者，或是给读者带来简单的快乐，那么辛格就会坚决地使用，丝毫不会考虑这种技法是否精巧雅致。事实说明，辛格在开篇环节这种故弄玄虚、有意制造紧张悬疑氛围的做法，充分利用了读者想听好故事的心理，取得了非常理想的效果。不仅如此，这种叙事技巧直接来源于辛格的真实生活，具有十分厚实的生活基础，也经受得起时间的考验，所以他在短篇小说对这种技巧的使用和把握，显得非常成熟自然，毫无做作之感。

辛格的这种开篇方法往往是与作者强大的逻辑叙事能力配合使用的。不管故事的开篇如何离奇，如何匪夷所思，作者都能够在叙事过程中逐渐地将这种悬疑消解，最终让读者不得不相信事件发生的可能性。辛格的这种创作态度是源于他对生活的真切感受，正如他在小说中借傻瓜吉姆佩尔之口说的那样：我常常会听到一些故事，我会说"这种事情是不会发生的"。然而不到一年，我会听到那种事情竟然在某处发生。（Singer, 1982: 14）吉姆佩尔的这种感觉是与人类的普遍经验有着密切联系的，或者说辛格正是充分利用了人类对未知力量的惧慑和好奇心

105

理，在故事开端设置悬念，达到了最佳的叙事效果。

作者还可以在故事开始就为读者铺设好故事发生的具体情景，通过简练细腻的笔触对场景和人物进行描写，将读者置身于近乎真实的故事场景中，一方面让读者做好充分的思想准备，迎接即将发生的故事，另一方面让读者积极参与到故事中去，能够随着故事的推进及时调整心态，对叙事的效果也感同身受。如《遁世者》这样开头：

> 雪已经下了三天。冬夜太长了，读经房里的行乞僧无法辗转睡个通宵。他们三点钟左右就醒了。一个行乞僧从棚子里拿了些柴板来喂炉火，另一个袋里有几只土豆要到炭上去烤，第三个就着烛光浏览一卷《密西拿法典》。他看上去比其他人年轻一些，一绺小须，黑黑的暴眼，黑面孔。他的衣服不像其他人那么破烂。（Singer, 1979: 224）

这段描述寥寥几笔就让读者眼前浮现出一幅清晰的画面，对即将发生故事的场景也有了一个全景式的透视。场景中有物——棚子、柴板、火炉、土豆和法典，也有人——三个行乞僧，其中一个的长相和着装比其他人更为清晰，他就是故事的主人公。这些场景描写让读者仿佛置身在一个19世纪波兰犹太教的读经房里，即将展开的故事充满期待。故事场景简陋肃穆，参与的人物历经沧桑，非常具有写实的色彩。但在这样的背景里讲述的故事往往是离奇的，或是惊悚的，甚至是诡异的，与现实的场景形成强烈的对比，能够给读者带来视听上的冲击。再看另一篇《俘虏》：

> 整个20年代，在美术界的表现主义、立体主义和其他主义风行的时期里，左拉克·克来特一直是个坚定的印象派。他是罗兹人，经常住在华沙，以勤奋多产闻名。他甚至在吃饭时也工作。左拉克·克来特坐在作家俱乐部里，一面大声嚼着牛肉熏肠，一面在纸餐巾或桌布上把他周围的人素描下来。他个子很高，黑黑的，尖脑壳上头发全秃光了，眼睛是黄绿色的，一张大嘴一刻不停，不是在吹嘘自己搞女人的本事，便是在天花乱坠地大谈其有关罗兹和巴黎的种种见闻，他这常去两个地方。（Singer, 1979: 44）

比较发现，辛格尤其擅长人物的描写，简单几笔就能让人物跃然纸上，这也是辛格笔下的人物能够具有很长生命力的一个重要原因。辛格的人物素描并不着眼于人物的外表，而是非常注重人物的神态特征，人物形象富于动感。上面的一段肖像素描将人物的性格也充分地表现出来了。从他的外表来看，毫不起眼，甚至可以说与艺术家的形象相去甚远。从他的日常行为来看，他既是一个非常勤奋的印象派画家，又是一个爱夸夸其谈、性格浮躁的人。辛格的人物描写是为故事的结构服务的：这一段人物描写似乎预示故事将要围绕左拉克·克来特展开的，但出乎意料的是，整个故事都是围绕托比阿斯·安方、克来特的遗孀和"我"三人之间展开，克来特并未在后面的故事中出现。但是，故事的核心却是围绕着"为克来特写回忆录"展开的，因此即使克来特没有出现，但他却先后对托比阿斯·安方和我的命运产生了极大的影响。故事的标题为"俘虏"，表面是说安方和我无法摆脱命运的安排，终将成为索尼亚的俘虏，但事实上，我们两人都是克来特的俘虏，用安方的话来说就是："我实际上已变成了左拉克·克来特再世了。"而索尼亚呢，似乎阴魂俯身了，"也成了左拉克·克来特的再现肉身"。克来特虽然没有出现，但他的形象却始终在读者头脑中盘旋，挥之不去。尤其是在故事结尾，当"我"继托比阿斯·安方之后成为克来特的俘虏之后，读者似乎可以听见克来特得意的狂笑。由此看来，开篇的一段肖像素描并非可有可无，而是与整个文章的结构紧密结合的，为故事的展开营造了一种宿命论的氛围。米兰·昆德拉曾说过，如果一篇小说在读到最后无法让人记起开头，那"小说就会显得丑陋不堪，失去其建筑结构的光彩"。（昆德拉，1992：68）这段话不仅说明小说控制篇幅的重要性，更说明了开头在小说结构中不可替代的地位和作用。

　　辛格短篇小说的结尾同样精彩，很多小说的结尾可以说是小说最精华的部分，也往往是高潮部分所在。辛格短篇小说的结尾往往着墨不多，但却余音绕梁，让人回味无穷，用戴诚炜的话来说就是"如截奔马，一笔刹住"，"卒章显志，醒明主题"。（戴诚炜，1982）辛格短篇小说的结尾主要有三种类型。第一种结尾是在充分的情节铺设的基础上，水到渠成，自然地引出主题，但却一针见血，绝不拖泥带水。试见《傻瓜吉姆佩尔》的结尾：

　　　　毫无疑问，这世界完全是一个幻想的世界，但是它同真实世界只有咫尺之遥。我躺在我的茅屋里，门口有块搬运尸体的木板。掘墓的犹太人已经准备好铲子。坟墓在等待我，蛆虫肚子饿了；寿衣已准备好了——我放在讨饭碗里，带在身边。另一个要饭的等着继承我的草垫，时间一到，我就高高兴兴地动身。这样会变成现实，那儿没有任何纠纷，没有嘲弄，没有欺骗。赞美上帝：在那儿，连吉姆佩尔都不会受欺骗。（Singer, 1982: 14）

在结尾部分，吉姆佩尔像一个虔诚的圣徒一样，带着对宗教仪式的崇敬之情，静静等待死亡的到来，满怀着对另一个没有欺骗的世界的憧憬，没有一丝怨言，也没有一丝眷念。但这个看似平淡的结尾却无比尖锐地表达了吉姆佩尔对现实世界的控诉和对宗教信仰的强烈渴求。吉姆佩尔希望时间一到，他就"高高兴兴地动身"——这种"含泪带笑"的控诉其实比任何语言都更有力量。而"在那个世界，连吉姆佩尔都不会受骗"这句话，更是一针见血地点明了主题。从现实的角度来看，吉姆佩尔所生活的世界就是真实世界的写照：缺乏信仰，到处是欺骗。辛格想要通过这个故事的结尾告诉人们，我们的生活不能没有信仰，否则我们只能生活在欺骗之中。与这个结尾具有异曲同工之妙的是《短暂的星期五》的结尾：

> 是呀，那些混乱与诱惑的短促年头已经终结。施穆尔-莱贝尔和苏雪终于到达极乐世界。夫妻早已缄默无声。在沉寂中，他们听到天使翅膀的煽动和宁静的歌声。上帝差来的天使引导施穆尔-莱贝尔裁缝和他的妻子苏雪进入天堂。（Singer, 1982: 197）

这个结尾描述了一种宗教般圣洁而祥和的画面，表面看是对一种完美或圆满结局的歌颂，但事实上却是以一种反讽的形式揭示小说的主题。故事中，虽然作者用大量的篇幅、充满诗意的语言描写了宗教仪式给信徒们带来的愉悦，但故事的结局却是不折不扣的悲剧。这种表面上祥和宁静、暗地里悲情涌动的叙事技巧似有一种黑色幽默的效果，无情地揭示了宗教生活、禁欲主义对人的奴役和愚弄，以及在这种生活中人的自然本性的异化。（柳鸣九，1981）

在另外一些故事中，作者不是通过客观的描述，而是通过叙述者的点评来点明主题的。如《猴子杰泽尔》的结尾，叙述者对杰泽尔的一生这样概括道："一个人应该什么样就什么样。这个世界的毛病就出在模仿……他们都是猴子，模仿的全是猴子。"这个结尾不仅辛辣地讽刺了杰泽尔如猴子般的小丑行径，点明了主题，而且极富哲理性地道出了人类世界普遍存在的一种丑陋现象，即人云亦云、相互效仿，人类的这种劣性不仅无端地制造出不少悲剧，而且严重地阻碍了自身的发展。或许我们还可以更进一步推测，辛格是在特别地暗指文学界各种主义盛行、各种"现代"思潮涌动的现象，对那些刻意模仿他人写作风格的行为表达不满。

　　第二类结尾是借助一两句经典的话（可以是故事中某个人物的）收笔，既回应了主题，又极力营造一种讽刺的意味。如《玩笑》的结尾在平静地描述瓦尔登博士葬礼现场和遗容的时候，突然以瓦尔登的口气收场：Ja，我一生从头到尾就是个大笑话。这个结尾彻底地撕掉了瓦尔登博士虚假的面纱，对他毫无价值的一生进行了"完美"的总结，同时也辛辣地嘲讽了那些自命清高却满脑子世俗想法的酸假文人。尤其是结尾处那个"Ja"可以说是绝妙至极，宛如交响乐一般在高潮部分戛然而止，制造出空前的戏剧和讽刺效果。事实上，作者在此之前对人物性格的刻画已经完成，人物的命运也已盖棺定论。但如果故事在此结束，总会让读者隐隐有一种如鲠在喉的感觉。这句话恰为画龙点睛之笔，将读者郁结于内的感觉酣畅淋漓地表达了出来。同样的效果也在《市场街的斯宾诺莎》的结尾处得以体现：

　　　　博士闭上了眼睛，听任微风来吹凉他额上的汗珠，吹动他的胡须。他在夜半的空气中，深深地呼吸，把他那发抖的手支撑在窗台上，喃喃地说道："神圣的斯宾诺莎啊，宽恕我吧。我变成了一个傻瓜啦。"（Singer，1982: 93）

菲谢尔博士一生严于律己，甚至可以说是对自己要求地有些苛刻，全心致力于研究斯宾诺莎的学说。菲谢尔拒绝一切物质的诱惑，极力压抑自己对爱情和物质的渴求，一心一意追求一种斯宾诺莎式的精神生活。但自从遇见了黑多比之后，菲谢尔博士的生活和思想都在渐渐改变，他变得更富有人情味，对生活也开始有了激情和渴望。然而在这个结尾中，菲谢尔森博士却将自己的变化理解成向人性和现实屈服的无奈，并将自己看作是"毫无精神追求的傻瓜"。结尾这句话表面上是菲谢尔博士的一种自嘲，实际上是作者借此讽刺了菲谢尔森博士的迂腐可笑，抨击了违反人性的禁欲主义，同时也表达了他对斯宾诺莎学说的质疑。

　　第三类结尾从情节上来说，并没有把所有故事交代清楚，而是保留了一些悬念，也为读者保留了一些想象的空间。读者在回味的过程中，能够深刻体会作者的写作意图。试看《老有所爱》的结尾：

当他从昏迷中醒过来时，已经是早晨 8 点 10 分了。是一场梦吗？不是，信还在桌上放着呢。那天，哈里·本迪纳没有下楼去拿邮件。他没有为自己准备早餐，也懒得去洗澡、穿衣。他继续在阳台的塑料椅子上打盹儿，想着另一个西尔维亚——埃塞尔的女儿，她住在不列颠哥伦比亚的一个帐篷里。她为什么要跑那么远呢？他自己问自己。是不是她父亲的去世使他搞到绝望呢？她不能容忍她的母亲吗？或者早在她这样的年龄，她就已经认识到人类的一切努力都是徒劳的，从而决定做隐士了呢？她在努力发现自己呢，还是努力发现上帝呢？老头儿心里产生了一个冒险的想法：坐飞机到不列颠哥伦比亚去，在那茫茫荒野里找到那个年轻女子，安慰她，做她的父亲，说不定和她在一起，还可以对人为什么要生和人为什么要死的道理作一番沉思冥想哩。(Singer, 1982: 432-433)

在这个结尾中，作者并没有向读者交代埃塞尔突然自杀的原因，而是连续用五个问句向读者进行发问，拷问埃塞尔的女儿西尔维亚究竟为何会远离城市在荒野里独居。读者虽然无法从故事中直接找到答案，但借助作者的设问，读者还是可以对埃塞尔的自杀原因和西尔维亚独居的原因进行一些猜测，也可以隐约窥见作者的写作意图。埃塞尔突然选择自杀并非不合情理，事实上她只是病态的现实生活的一个受害者，在精神生活迷乱的美国社会还有很多人像她这样，没有明确的生活意义、没有目标，甚至没有信仰，精神时刻陷于崩溃的边缘。埃塞尔很可能是在精神支柱突然崩塌的情形下自杀的，而西尔维亚也可能出于同样的原因逃离都市生活，选择离群索居，从而试图寻找生活的真正意义，找回失去的信仰。作者想要通过这个结尾传递这样的信息：我们的生活不能没有信仰、没有上帝，否则我们只能是行尸走肉。如果精神上没有支柱，那么我们每个人随时都可能会做出像埃塞尔一样的选择。

辛格短篇小说的结尾非常别致，既富于新意，又不显突兀，和整个故事结构有机地融为一体，于"不知不觉中起到托负全文、深化主题、给人回味的作用"。不管这种结尾是以诗化的描述，还是以深刻的议论结束的，它都给人以一种"当行则行，当止则止，前呼后应，首尾圆通，主旨一致，浑然天成"的深刻印象。(戴炜诚，1984)

第五章　辛格短篇小说中的时间叙事艺术

在许多叙事作品中，时间实际上成为反复出现的关注的中心之一。从本质上来说，文学叙事作品具备线性的时间属性，但这种线性时间不可能与真正的故事时间严格地保持一致，因此"叙事时间"和"故事时间"就成为了叙事学研究时间问题的焦点。"叙事时间"是指用于叙述事件的时间，通常以文本所用篇幅或阅读所用时间来衡量，而"故事时间"是指所述事件发生所需的实际时间。在小说世界里，小说家为了构建情节、揭示题旨等需要，经常在叙事层面上调整时间，甚至将故事时间暂停在某个时刻，以便于叙述者详细描述某个特定场景或是心理活动，而叙事时间总是按照线性不停流动的，这样就和故事时间产生了错位。

"叙事是一组有两个时间的序列……：被讲述的事情的时间和叙事的时间。这种双重性不仅使一切时间畸变成为可能，挑出叙事中这些畸变是不足为奇的；更为根本的是，它要求我们确认叙事的功能之一是把一种时间兑现为另一种时间。"（热奈特，1980：12）这是热奈特在《叙事话语》开篇所提出的观点。通过分析他的观点，我们不仅要认识到存在着故事时间与叙事时间这两个不同的概念，还要认清叙事过程中出现故事时间和叙事时间的错位是再正常不过的现象了。更重要的是，叙事从本质上来说就是把故事时间兑现为叙事时间，或者说叙事就是时间艺术。

第一节　辛格的时间观

辛格与许多作家非常不同，这不仅表现在他用一种几乎灭绝的语言进行文学创作，更表现在他对故事时间的设定和处理上。辛格的小说中所反映的故事时间跨度很大，最早可以追溯到 16 世纪——波兰犹太人遭受哥特人大屠杀的时期。最近的故事时间是辛格所生活的现代。辛格以犹太人真实的历史为背景的，极力描绘了各个历史时期生活在波兰和美国等地的犹太人真实的生活。可以这么说，辛格小说中的故事时间和历史时间很难区分，读者也因此经常会产生一种时间回溯的感觉，对历史的感觉非常真切，很多人甚至因此将辛格看作是波兰犹太生活的记录者。之所以会产生这样的效果，主要是因为辛格肩负厚重的历史使命感。犹太民族是一个饱受屈辱磨难的民族，作为这个民族的一分子，辛格被一种厚重的历史使命感和责任感所包围。身为一个作家，辛格自然地想要在他的文学作品中反映自己民族的历史和文化，并且试图为继续保持犹太历史和文化贡献自己的力量。从辛格的谈话中，我们也能深深地感受到辛格对自己民族虽历经磨难却始终保持本色的自豪感：

> 犹太人经历了两千年的流亡，在成百上千个国家生活过。他们先是保留阿拉姆语，后是意第绪语；他们保存自己的书籍，不放弃自己的信仰，然后两千年后，他们回到以色列。这是人类历史上非常特殊的一个案例，如果没有发生过绝对没有人会相信。如果有人写了关于这个民族的故事，批评家会把它称为奇迹。（Singer, 1985: 59）

尽管辛格一再认为如果一部作品带有强烈的政治和社会色彩，那它绝不是一部优秀的作品，但我们透过辛格的小说可以明显地感觉到厚重的历史感。在辛格看来，犹太民族经历了世界上任何其他民族都未曾经历过的磨难，犹太人今天依然生活在世界各地，依然讲着古老的意第绪语，这本身就是个伟大的奇迹。（Singer, 1985）身为一名犹太作家，他有责任将犹太历史通过文学形式记录并保存下来。因此，在辛格的作品中，我们看到一个东欧犹太民族斑斓的世界：传统的服饰和饮食、特殊的文化习俗、无休止的宗教生活以及神秘的哈西德教派等等。尽管这一切今天已不复存在，但它却活在辛格的作品里，"辛格的灵感所拥有的召唤的力量影响了现实，现实被梦境和想象升华到了超自然的境界，在那种境界里，一切皆有可能，一切都没把握"。(Singer, 1979)

当然，文学叙事与历史叙事本质上是不同的，文学作品中的故事时间也不可能像历史叙事作品如《史记》、《资治通鉴》中那样，严格地与历史时间保持一致。辛格在他的作品中选择某个时间片段作为故事发生的时代背景，讲述一系列可能发生过或是完全虚构的事件。这种处理故事时间与历史时间的方式，看似毫无历史借鉴的意义，但实际上，我们今天的文学研究者却完全可以借助历史还原法，结合历史背景、理论方法、政治参与、作品分析，去解释作品与社会的相互作用，一定程度上还原历史的本来面目。(李凤亮，2004) 在这一点上，辛格非常执着地选择了那些本已非常模糊的历史时间作为故事时间，甚至不惜牺牲读者的兴趣和认同，可以说是用心良苦。1963 年，辛格在一次接受采访时说道，他是为了自己的人民而写作的，不是为了陌生人。尽管他所描写的对象在真实的历史中已经完全消逝了，变成了一种虚假的幻象，但他仍然乐此不疲，因为他是为他心目中最合适的读者而写作的。(Farrell, 1992)

当然，辛格的文学创作毕竟不是记录历史，因此他在处理故事时间的时候必然不能过于刻意。他通常采用的方式是一种有意模糊时间标记的方法，即在他的很多作品中尤其是短篇小说中，读者很难准确地去断代，只能根据小说中所描述的场景特点、人物特征和社会环境进行大致地推测故事所发生的时间。但可以肯定的是，辛格所着力描述的故事都是属于犹太人的历史，带有非常强烈的民族烙印。正如瑞典文学院常务秘书拉思·吉兰斯坦教授在 1978 年给辛格的诺贝尔文学奖颁奖词中的第一句话中说的那样："天地把存在过的一切都消灭殆尽，化为尘埃，唯有那些清醒时做梦的梦想家，透过稀疏的网换回昔日的幻影。"[1]

辛格另外一个处理故事时间的方法，是将故事中的时间背景与个人的生命历程互相照应。辛格的很多小说都是以自己的真实生活为背景的，甚至有些故事就是取材于个人真实的生活经历。从故事时间上来看，且不说长篇小说《格雷的撒旦》、《肖莎》与他的生活经历息息相关，就是他短篇小说中的故事几乎涵盖了辛

---

1 引自瑞典文学院常务秘书《诺贝尔文学奖授奖词》，黑乌译。

格从出生到去世的整个时间跨度，读者完全可以根据小说为辛格梳理出一条清晰生命曲线。例如，在《救济院的一夜》、《弄妖术的人》中，我们似乎可以看到辛格在听故事中度过他无忧无虑的童年生活，而《以色列的叛徒》中，那个移居到克鲁奇玛尔纳街后，无所事事地趴在阳台上俯视下面街道的少年形象又跃然纸上。在《三次奇遇》中，我们似乎可以窥见那个曾经在落后乡村勉强以教书为生的青年辛格的影子，而《卡夫卡的朋友》又是发生在辛格重返华沙，并逐步在华沙文学圈立足的时期。在《康尼岛的一天》中，读者可以非常真切地感受到辛格初到美国后的艰辛和困惑，而《一次演讲》、《手稿》等故事似乎又发生在辛格在美国站稳脚跟的时期。除此之外，《心灵之旅》中在百老汇街头喂鸽子、《人老心不老》中在迈尔密海滩的度假，都是辛格真实生活的一部分。辛格的这种对故事时间的设定是和很多作家明显不同的，这也让很多人对辛格作品中的故事时间和真实的历史时间难以区分和界定。

当然，在展现故事时间的长度上，短篇小说与长篇小说相比要处于劣势。辛格的不少长篇小说明显地带有史诗色彩，如《格雷的撒旦》、《莫思凯家族》等小说都展现了相当的历史长度，故事中人物的生活背景可以说是东欧犹太最重要的历史时期，透过这些故事我们可以对遥远的历史进行无限的遐想。相比之下，辛格的很多短篇小说所表现的故事时间都不是很长，像《短暂的星期五》、《康尼岛的一天》等作品反映的时间长度仅仅是不超过一天的时间，相应地叙事时间也不会太长。但是，辛格想要再现犹太人的历史和生活的愿望如此强烈，在他的某些短篇小说中可以窥见一些端倪。《小鞋匠》中作者在故事开头就用非常精练的语言为读者展示了小鞋匠整个家族数代的发展历史，其时间跨度之大堪与《百年孤独》相媲美。这种带有家族史诗色彩的叙事方式，在短篇小说中是难得一见的，充分说明了辛格通过叙事手段再现历史时间的明显意图和充分自信。

第二节　时间叙事技巧种种

辛格在短篇小说的叙事过程中非常注重对时间叙事技巧的运用，在他的笔下，时间像是一条条可见的缰绳，可以被他随意牵扯，将人物和事件有条不紊地展现出来。热奈特在《叙事话语》中就"故事时间"和"叙事时间"之间的关系进行了理论阐述，提出了"时长"（duration）、"频率"（frequency）和"时序"（order）三个重要概念，为叙事时间的研究奠定了基础。本节对辛格短篇小说中时间叙事技巧的分析也是建立在这三个重要的概念上。

首先看时长问题。通过叙事文本表现故事时间的长短，在叙事学上属于叙事时间问题，里蒙-凯南将之描述为时间的"跨度"问题。在她看来，叙事时间严格来说不是一个时间问题，而是空间问题，因为没有一个严格的标准来衡量文本的时间长度。唯一能够找到的时间尺度就是读者的阅读时间，但是这种标准又是因人而异的。（Rimmon-Kenan, 1983: 93）因此，热奈特主张把故事和本书的速度恒定作为考察时间跨度的"标准"，叙述中的速度恒定就是故事时间跨度和本书长度（空间）之间的不变比率，如一个人物一生中的每一年在本书中始终都以固定的长度来表现。（热奈特，1990）当然，本书作者认为这种选择也是无奈之举，因为这种比率很难确定，不同的文本中时间比率也很难取得一致。在实际操作过程中，我们只能在同一文本内进行比较。正如罗钢所述：

> 研究时距（跨度）作为一种技术问题自身并无价值，它的意义在于可以帮助作品的节奏，每个事件占据的文本篇幅都说明了作者希望唤起注意的程度，而对某一因素的注意以及这种注意的程度则需与其他因素相比较才能确定。从这一点来看，我们研究时距的目的便不仅仅是计算事件时间与文本篇幅的关系，而应当进行更大范围的比较。（罗钢，1994: 146）

叙事时间存在两种变动形式：加速和减速。加速就是用较短的篇幅表现较长时间内发生的故事，减速就是用较长的篇幅来描述较短时间内发生的故事。前面一种情形被称作"概述"，后面一种主要出现在对"场景"进行描写的时候。当叙事文本中把一段特定的故事时间压缩为表现其主要特征的较短的句子，以此来加快速度，则称之为概述。对于短篇小说来说，概述是用来调控叙事节奏的一种十分常见的叙事技巧。

小说叙事的时间虽然没有严格的标准，但优秀的作品都有清醒的时间觉悟，所有的故事都在尽可能紧凑的时间内完成。（倪浓水，2008）辛格对短篇小说的时长非常敏感，他在《伯金访谈录》中明确提出，短篇小说必须要短，正如契诃夫和莫泊桑的短篇小说那样。(Singer, 1985) 辛格的短篇小说最短的只有几百字，最长的也不过上万字。要想在很短的文本时间内完成一定长度的故事时间，辛格必须有所取舍，大量采用压缩、概述甚至是省略等手段，将有限的篇幅用来集中描述重要的场景。如《三次奇遇》中主要的篇幅都用来着力描写三次与李芙柯尔的相遇场景，但事实上故事时间从 1924 年至 1935 年前后共十一年的时间，中间的过程都被省略或压缩了，如在第一次与第二次相遇的间隔，作者是这样处理的：

> 两年过去了。我哥哥当编辑、我做校对的那家周刊夭折了。不过在这两年间，我倒是发表了十几篇短篇小说，不再需要作家俱乐部的入场证了，我已成为正式成员了。我现在靠译书为生，将德文、波兰文和希伯来文的书译成意第绪语。我早已去过兵役局了，他们让我延期一年再去，现在我又得去了……(Singer, 1982: 478)

在这段叙述中，两年内发生的事情被压缩成短短几行字，一方面节省篇幅，同时营造一种叙事张力，恰似平淡的湖面下正要掀起波澜，让读者做好迎接故事高潮的心理准备。同样，在第二次见面与第三次见面的间隙，作者做了类似的处理："又过了九年，那是我在纽约的第三年。我不时在一家意第绪语报纸上发表一篇随笔。"这次，作者干脆将这九年间所发生的事情压缩成了两句话，加快叙事节奏，极力为读者营造一种平淡的氛围。但是当第三次相遇发生时，主人公的外表和心理的巨大变化又会给读者以非常强烈的冲击，让读者产生一种悲天悯人的情绪，感慨世事沧桑。这种强烈的效果与之前的平淡产生了对比，一快一慢，一强一弱，节奏感十足。《傻瓜吉姆佩尔》反映了吉姆佩尔几乎大半生的故事，从他开始当面包房学徒开始，到他离开人世，中间跨越了几十年的时间，其间大量的经历是采用概述的方式进行处理的。最突出的例证就是这样的叙述："长话短说，我和我老婆过了 20 年。"

对于短篇作家来说，合理地利用概述这种处理时间的叙事技巧无疑是非常重要的，它实际上体现了作家对叙事节奏的控制力，决定了作家能否在有限的篇幅里提供足够的信息。除此之外，概述还可以将不同的场景连接起来，是叙事作品中最好的连接组织。(罗钢, 1994) 当然，同样出色的是辛格对"场景"的描写。场景描写即叙述故事的实况，一如对话和场面的记录，故事时间与叙事时间大致相等。辛格的短篇小说中存在大量的场景描写，主要是人物的对话。辛格在描写人物对话的时候尽量让叙述者隐退，也几乎不对事件和对话进行任何的评论，让故事时间与叙事时间的流动速度基本上保持一致，为读者创造一种身临其境的感觉。由于这类例子比比皆是，此处试举一段较短的对话作为例证。

> "请原谅，本迪纳先生，这是隔壁那位妇人留在你门口的信。上面有你的名字。"
>
> "什么妇人？"
>
> "住你左边的那位邻居，她自杀了。"
>
> 哈里·本迪纳感到心里一紧，几秒钟功夫，他的肚子绷得像鼓一样紧。
>
> "是那位长着浅黄色头发的妇人吗？"
>
> "是的。"
>
> "她怎么自杀的？"
>
> "她跳窗户了。"
>
> 哈里伸出手，那位老妇人把信交给了他。
>
> "她现在在哪里？"他问。
>
> "他们把她抬走了。"
>
> "死了吗？"
>
> "是的，死了。"
>
> "天哪！"
>
> "这样的事在这里已经是第三起了。在美国，人们会精神失常的。"

（Singer, 1982: 432）

这是《老有所爱》中的一段场景描写。这段对话发生之前，哈里处于一种极度的焦虑不安之中，内心深处正在进行这激烈的思想斗争。年过八旬的老哈里，虽然腰缠万贯，但却孤身一人、疾病缠身。在对生活不抱任何希望之际，埃塞尔的出现又让重新开始建立对生活的信心。埃塞尔年轻、富有、充满活力，并且对他表现出浓厚的兴趣。一切都是那么自然，似乎上帝在有意眷顾已入垂暮之年的他。正当他们谈婚论嫁之时，事情却骤起变化：埃塞尔的精神突然变得异常，并且选择跳楼自杀了。于是在万分焦虑中，哈里等来了埃塞尔的死讯。小说中这段哈里与邻居妇人的对话恰如晴天霹雳，让满怀希望和不安的哈里一下子坠入无底深渊。直接引语可以让读者直面人物原话，形成独特的声响效果，突出讲话内容。（申丹，2010）在这段对话中，叙述者除了进行必要的行动描述之外，没有进行任何的干涉，几乎完全隐退，从而把埃塞尔死亡所产生的震动完全凸现出来。这段对话与之前大量的心理描写形成鲜明的对比，人物心理和人物对话产生一明一暗的对比效果。同时这段对话中几乎很少使用引导词，而且人物话语非常简洁，使得对话节奏加快，这与之前较为缓慢的心理描写又形成了叙事节奏上的对比，一快一慢，动静相宜。

辛格非常擅长场景描写，其中尤擅人物对话。在辛格小说中的许多场景中，我们只听到人物对话，叙述者几乎不做任何干涉，甚至连"某某说"之类的附加语都被省略。这种处理使读者感到阅读这些文字的过程基本上等同于人物说话的过程，犹如置身于剧院里，同步观看舞台上的人物表演。场景描写过程中叙事时间和话语时间几乎等同，它与缩短故事时间的概述交替出现在小说叙事中，使叙事时紧时松，呈现出一种强烈节奏感，提升故事的感染力。如在《外公和外孙》中间一段：

> "什么？这世界是自己创造的吗？"
>
> "是进化来的。"
>
> "这是什么意思？"
>
> 这孩子又说了些什么，后来停住了。他提到一些人名，赖勃·莫狄卡·梅厄从来没有听说过的。他把波兰语、俄语、德语都混淆起来了。他谈话的中心思想是一切事情都是偶然的，碰机会的……（Singer，1982：409）

在这段人物对话的间隙，作者采用概述的手法将人物中一些不重要和不清晰的地方进行了压缩处理，使得场景描写不至于过分的冗长、拖沓，避免过长的描写使得读者在阅读过程中感到乏味，提高叙事的效率，使得故事能够更快地向高潮推进。

叙事节奏的变化还有一种情形，即时间的停顿。停顿是通过对事件、环境、背景进行细腻生动的描写，暂时停止故事时间的流动，叙事时间与故事时间的比值为无限大。（罗钢，1994）停顿的出现，是为了制造出一种舞台布景的感觉，为故事的上演提供更加真实、丰富的环境。试举一例：

星期五晚餐结束了，但是蜡烛仍然在银质烛台上燃烧着。一只蟋蟀在炉子背后悉悉索索地叫着，灯芯吸着煤油微微作响。桌子上蒙着桌布，上面放着一个透明的细颈酒瓶和一只银质祈福杯，杯子上镂刻着哭墙的图案；旁边有一把带有珍珠母刀柄的面包刀和一块上面放安息白面包的餐巾，餐巾是用金线绣成的。

屋外，地上积着大堆大堆的雪，在圆月之下闪闪发光。严寒总想在窗玻璃上结霜，构成各式各样的图案，有的像棵树，有的像朵花，有的像棕榈叶，有的像灌木。但室内很暖和，这种种图案很快便融化了。

（Singer, 2006: 244）

这是故事《打赌》开场的一段描写。作者以极其细腻的笔调描写了故事发生的场景，镂刻着哭墙图案的杯子、带有珍珠母刀柄的面包刀、用金线绣成的餐巾，以及窗玻璃上结成的各种图案。这些刻有犹太生活印记的静物描写非常细致，不仅为读者营造出一种如临其境的氛围，还能够激发读者对传统犹太生活无限的想象。在辛格的短篇小说中，大量的实物描写处于故事的中心，这些实物不仅能够引发读者的感官享受，还是联系人物和魔幻世界的中介。（Sontag, 1962）作为叙事的时间技巧，景物描写造成了故事时间的停滞，有效地延缓了叙事节奏。当然，这段静物描写绝非完全给读者造成停滞不前的画面感，而是静中有动：蟋蟀的叫声、微微作响的灯芯，还有融化的冰雪，这种动态的变化是舞台背景很难实现的，充分体现了语言叙事的优势。再看《三次奇遇》中的一段描写：

村里有几十座简陋的茅屋，歪歪斜斜，全建在一片沼泽地的周围。至少，这是1924年欧德-斯蒂科夫村留给我的印象。整个十月份，一直在下雨，沼泽地的积水映着这些茅屋，宛如一个湖泊。路德尼亚农民、穿着长袍弯着腰的犹太人以及包着头巾、穿着男鞋的妇女和姑娘们，都在泥水中走着。一团团的雾气在空中翻滚着。乌鸦从头顶上飞过，哇哇叫着。天空低悬，灰蒙蒙而又阴沉沉的。烟囱冒出的烟不是向上升去，而是向潮湿的大地漂了下来。（Singer, 1982: 473）

这段描写中的景物充满动感：在泥水中走动的男男女女、空中翻滚的雾气、边飞边叫的乌鸦、袅袅炊烟……一幅美妙的田园风光图。如叙述者所述，"这是

1924 年欧德-斯蒂科夫村留给我的印象"，这些描写非常可能是留存在作者大脑中的记忆片段，某种意义上是真实的。辛格多次在访谈中强调，很多作品中的生活场景来源于真实的生活，而且他本人的记忆力非常好。在辛格诸多反映传统犹太社区生活的短篇小说中，有大量描写古老犹太社区生活场景的片段。我们可以据此推测，辛格希望能够通过小说实现两个意图：一是让更多生活在现代社会的读者了解那些让作者无法忘怀的传统犹太生活，二是尽量用文字记录和保存那些已经消失在历史烟尘中的传统犹太文化。从叙事时间的角度来说，这种寄托了作者无限深情的景物和场景描写，在叙事节奏上制造出一种迟缓甚至停顿的效果，与故事高潮到来时的快节奏之间形成了一种节奏上的变化，增加了叙事的张力。

奇怪的是，这种折射出作者浓浓情思的场景描写在辛格另外一些描写现代美国社会的作品中难得一见。辛格在这类作品中总是不愿意过多地提供与生活背景有关的信息，显得惜墨如金；即使偶尔提及，也只是只言片语。这种信息量的差异充分说明了作者的态度。对于自己认为重要或寄托了浓厚情思的事物，辛格总是不惜篇幅，进行细致入微的描写，即使以牺牲叙事时间为代价也在所不惜。相反，对于自己感觉疏远甚至排斥的事物，辛格则惜墨如金，不愿意进行过多的描写。对辛格来说，传统的犹太传统社区是他魂牵梦绕的，而现代美国社会只是他走投无路时的一个避难所，是他赖以谋生的地方。对辛格而言，他从来没有真正地融入美国社会，也没有对美国产生一种强烈的归属感。现代美国社会实际上成了他和其他所有犹太人的精神炼狱，在这里不仅犹太文化传统面临危险，犹太人的信仰也一步步陷入危机。他的这种看法和态度影响了他在小说叙事过程中对实物描写的处理，他的作品中难得一见对现代美国生活场景的描写，小说的叙事节奏也因此被加快，读者在阅读过程中能够强烈地感受到作品中散发出的躁动和不安的情绪。

另一种控制叙事节奏的方法是重复，也被称作是频率问题，即一个事件在故事中出现的次数与该事件在文本中叙述的次数的关系（热奈特，1990）。它可以是一次讲述发生过一次的事，可以是讲述若干次发生过若干次的事，也可以是讲述几次发生过一次的事。就辛格的作品来说，我们可以试着探讨一下第二种情况，即重复讲述同一类事件。拿《小鞋匠》来说，小说在开头和结尾都重复出现了弗拉姆波尔当地的一首民谣：

A mother had

Ten little boy,

Oh, Lord, ten little boy!

The first one was Avremele,

The second one was Berele,

The third one was called Gimpel,

The fourth one was called Dovid'l

The fifth one was called Hershele…

Oh, Lord, Hershele!

The sixth one was called Velvele,

The seventh one was Zeinvele,

The eighth one was called Chenele,

The ninth one was called Tevele,

The tenth one was called Judele…

Oh, Lord, Judele!

　　这首民谣在文中总共出现了三次。第一次是主人公艾巴在专心做鞋时哼唱的，它烘托出一幅温馨的家庭生活画面，传递了艾巴对犹太生活方式的向往和满足。第二次是出现在艾巴年老孤寂的时候。此时艾巴的孩子们都先后移居美国了，留下他一个人仍坚守在做鞋的作坊里。艾巴哼唱着这首专属鞋匠的民谣，表达他对现实的无奈和美好记忆的追思。最后，当艾巴辗转来到美国，再次和几个儿子在作坊里一边做鞋一边重新哼唱这首民谣的时候，他和他的儿子们也最终做出了信仰上的选择。艾巴和他儿子们的故事是整个犹太民族历史的缩影，而这首民谣也恰恰象征了犹太民族的传统文化，它在文中反复出现，像是对所有犹太子民发出的呼唤，号召他们回归传统、回归信仰。正如艾巴所感叹的那样："感谢上帝，他们没有忘记他们的传统，也没有在这个毫无意义的地方迷失自我。"（Singer, 1982: 56）值得注意的是，重复是对事件的多次叙述，是一种处理叙事时间的技巧，并不一定是叙事语言的简单重复。在《小鞋匠》中，同一首民谣在文中反复出现时，语言上并没有重复，而是将一首民谣分成三段分别出现，合起来构成完整的部分。

另一篇小说《嚎叫的小牛》也同样采用了重复的方法。粗略统计，小牛的嚎叫在文中出现至少四次，还不包括叙述者脑中经常出现的幻觉。这里小牛的嚎叫声实际上具有强烈的象征意义，它象征了人类的欲望。"欲望"是辛格的犹太世界中驱使一切的动机，也是辛格一贯坚持的创作主题。(Sontag, 1962)在这篇小说中，"欲望"同样是辛格着力展现的一种力量。对叙述者本人来说，由于事业和生活都不如意，收入低且又刚刚和女友分手，因此不得不在报纸的小广告上寻找廉价的住处，内心充满了改变事业和生活现状的渴望。当我在1938年的夏天顶着酷暑来到出租的房屋时，我第一次听到了小牛的嚎叫声，小牛无休止的叫声映照出我内心的不安和失望。第二次听到小牛的叫声是在见到房东母女之后。那位房东太太对自己的生存现状极其不满，言语尖刻、态度恶劣，而她的女儿也对自己的生活环境满是抱怨。小牛渴望回到母牛的身边，它在炎热的夏天里不知疲倦的嚎叫，更是激起了所有人内心最深的欲望。在小说的结尾，当席尔瓦和我相拥而吻的时候，"我"似乎听到了某种来自遥远而神秘空间里的"嚎叫声"，那种叫声实际上代表着人类最原始的欲望。通篇来看，小牛的"嚎叫"声反复出现，不仅放大和强化了故事的主题，还使得叙事过程呈现出明显的节奏感。

里蒙-凯南将叙事时间称为"本书时间"，她认为"本书时间不可避免是线性的，所以不可能与'真正'的故事时间的多线性保持一致"。(里蒙-凯南，1989：82)因此，叙事的主要职能就是要将故事一件件地叙述出来，并将它们投射到一条直线上来。米克·巴尔将故事中的安排与素材的时间顺序之间的差别称为"顺序偏离"(chronological deviation)或"错时"(anachronies)。她提出，由于叙述文本通常都相当长，有种种打断这种线性秩序迫使读者进行更为精细地阅读的方式，而顺序安排上的偏离有助于这种精读。如果顺序安排上的偏离与某些常规相应，就不会特别醒目。但如果偏离的错综复杂，就会使人们尽最大的努力以追踪故事。为了不失去线索，必须关注顺序安排，这种努力也促使人们仔细考虑其他成分与方面。对付顺序安排并不仅仅是一种文学常规，它也是引起对某些东西注意的一种方法，以便强调以及产生美学和心理学效应，展示事件的种种解释，显示预期与实现之间的微妙差别，以及其他诸多方面。(巴尔，2003)

在几乎所有可查的文献中，"时序"都是被放在叙事时间研究部分的首位，因为它通常被认为是辨识度最高的一个问题。但本节对辛格短篇小说的研究却并未作出同样的选择，原因是因为短篇小说的时间顺序并不是显而易见的，需要细心处理才能辨别出其中的变化。研究时序问题，首先需要区分叙事时序和故事时序两个概念，前者是指文本叙述的时间顺序，而后者则是指故事实际发生的时间顺序。故事时序以各种不同的组合被叙述出来则是叙事时间所要研究的内容。一般来说，短篇小说由于篇幅所限，叙事时间的总长需要控制在合理的范围内。如果遵照故事时间的自然顺序进行呈现，则可以最大程度地节约叙事成本，因为不会因为时间逻辑上的错位而需要进行过多的补充、解释和铺垫。所以，短篇小说为了能够在较小的篇幅内最有效地呈现故事，通常会在时间上选择采用顺序的安排。

辛格的短篇小说同样如此，读者可以依照时间的线性特征将其作品作品梳理出一条非常合理的逻辑顺序。例如在《傻瓜吉姆佩尔》中，故事从吉姆佩尔的童年时期开始讲起，然后进入少年学徒阶段，再进入青年阶段的娶妻生子，直至后来流浪天涯并客死他乡，故事结束。在整个叙述过程中，情节安排没有出现任何跳脱，一切都是那么自然而平淡，并没有文学故事中所应该具备那种扣人心弦、峰回路转的结构安排，也没有给读者意料之外、情理之中的感情设伏。当然事实并非完全如此，《傻瓜吉姆佩尔》作为一篇文学经典，其动人之处恰恰蕴藏在其平凡朴实的时间结构上。上面所描述的情节其实都被一个重要的线索牵引着，即吉姆佩尔的被骗和他所作出的反应，其程度愈演愈烈，恰如潮水袭岸，平静处暗流涌动，高潮时浪花四溅，退潮后泪痕斑驳。

杨义先生（2009）在论述中国传统叙事作品的结构时曾提出一个重要的概念——势能，可以用来描述这种顺序安排所蕴含的强大力量。在小说中，吉姆佩尔从小多次被骗，使得他受尽戏弄。但考虑到世人并无恶意，他也能够释怀，还在受到指点后推演出一套处世的哲学。但随着他步入青年，尤其是在他接受了一场恶作剧般的婚姻后，不良妻子的背叛开始触及到尊严的底线。经过一番痛苦地挣扎，他虽然再次得到了精神上的平静，但他的生活却开始变得更加脆弱，结构的势能在这里慢慢积聚。当妻子再次做出背叛的行为时，他积蓄一生的不满情绪终于爆发了。他在面粉中撒尿，以报复生活的欺骗和不公，结构的势能在这里达到了最高点，并猝然爆发。但强大的宗教信仰力量在最后关头挽救了他，让他放弃了报复，选择了四处流浪，去发现生活中真实美好的东西，结构的势能在此慢慢延展，流入读者的心田。

通过以上的分析可以看出，看似普通的顺序安排其实可以产生强大的结构力

125

量，高明的作者可以凭着故事要素相互关系中的动能，自然地"推动着结构线索、单元和要素向某种不得不然的方向运转、展开和律动"。（杨义，2009：81）这种时间顺序上的安排，恰如"机发矢直，涧曲湍回，自然之趣也。圆者规体，其势也自转；方者矩形，其势也自安"。[1]

在叙述过程中，如果事件还没有发生，叙述者就预先叙述事件及其发生过程，则构成预叙。预叙的功能是为读者提供一些人物尚未获知的信息。马尔克斯的《百年孤独》的开篇可以被看作是预叙功能最经典的例子："许多年以后，面对行刑队，奥雷良诺·布恩地亚上校将会想起那个遥远的下午，那天他父亲带他去探索冰块。"辛格在短篇小说中使用预叙的频率较高，如《康尼岛的一天》的开头："今天，我很清楚那年夏天我该怎么干了，那就是：好好工作。"更多的例子比比皆是，在《猴子杰泽尔》中，小说这样开头：我亲爱的朋友，我们大家都知道，喜欢模仿别人的人是什么样儿的人。

预叙的主要功能是对故事的主要情节甚至是结果进行预测，制造出一种情节上的张力，让读者产生期待。预叙是在开篇时的概述，它必然会被后面的情节加以印证，这在小说结构上构成一种前后的呼应，使得结构更加紧凑，这在短篇小说中非常普遍。当然，它往往也会给人一种宿命的意识。（倪浓水，2008）这一点恰恰暗合了辛格的创作态度，因为他的作品很多都是寓言式的，一个个短小精悍的故事传递着宿命的意旨：犹太的历史、生命的轮回、宗教信仰以及神秘的力量，一切似乎都无法逃脱命运的安排。

辛格在设定预叙的时候总是有所保留，因为小说叙事美学要求"好故事"都要小心地对读者隐瞒信息，因此增加叙事张力的含蓄更适合故事的预叙。这种含蓄性预叙还能引发故事与读者间的游戏，因为读者总是下意识地参与故事的发展。虽然这种参与对故事结局的形成丝毫不起作用，但是却能给读者带来巨大的阅读乐趣。如在《死而复生的人》的开篇："你可能不相信，但是世上确有死了又活过来的人。"作者在这里只是对故事的第一环节进行了预设，帮助读者很快进入故事，并带着这种预判来验证情节的发展。但是预设的内容只是故事的一小部分，更多随之而来的情节往往出乎读者的预料，于是在好奇心的驱使下，读者会自然地选择去探究"死而复生的人"后面究竟会发生怎样的故事，不自觉地参与到故事的发展中。

---

1 引自《文心雕龙注》，卷六，人民文学出版社，1978：529-530。

第六章　辛格短篇小说中的空间叙事艺术

　　时间和空间是两个密不可分的要素。正如里蒙-凯南（1989）所说，叙事时间从本质上来说属于空间范畴。文本对故事时间的再现实际上是以空间来展示时间，文本时间与故事时间的关系是空间—时间的关系。相应地，文学叙事还要研究另一组关系，即故事空间如何通过叙事文本再现的问题。几乎所有的事件都要在一定的空间内展开，那么，对于事件的表现必然需要对这些空间或场景进行描述，这就是所谓的叙事空间问题。有意思的是，文本由于自身的特殊性，它对于故事空间的表现实际上表现为一种时间性，因为读者只有在阅读过程中才能构建完整的故事空间。因此，文本空间和故事空间之间实际上构成了一种时间—空间的关系。

　　然而，遗憾的是，几乎所有的叙事学家和文体学家都没有给予"叙事空间"以足够的重视。正如米克·巴尔所说："几乎没有什么源于叙述本书的概念的理论像空间这一概念那样不言自明，却又十分含混不清。"（巴尔，2003：156）美国著名学者约瑟夫·弗兰克在《现代小说中的空间形式》中首次提出"小说空间形式"的理论，初步建立了一个现代小说分析的理论范式。他指出，小说比诗歌具有更大的意义单位，能够相对地保持住连贯的顺序，但时间流却被空间形式打破了。（Frank，1991）弗兰克的努力为其后的很多学者开启了叙事空间研究的大门，他们继续对空间叙事进行研究，努力把叙事从时间的语言牢笼里解放出来，使传统的叙事空间化。国内对于空间叙事也表现出空前的热情。龙迪勇（2006）、潘泽泉（2007）、程锡麟（2007）、周和军（2008）、王安（2008）等人都对叙事理论的空间转向采取积极的态度，龙迪勇（2003；2005；2007；2007）还结合小说、图像叙事深入探讨了时间叙事媒介的空间表现，而张世君（1999；2001；2002；2002）更是结合明清小说及其评点探讨中国古代小说的空间叙事问题。

通常人们认为小说艺术属于时间艺术，因为文字的流动和时间的线性属性是同质的。但我们不能因此而忽视空间在小说叙事中的重要地位，恰恰相反，热奈特提出，与其他任何种类的关系相比，语言文字似乎天然地更适合表达空间关系。（热奈特，2001）在小说的世界里，故事必然要在一定的场所里展开，没有空间，小说故事的叙述根本无法进行。小说既具有时间维度，也具备空间维度。

辛格的短篇小说并没有展现出一些现代小说尤其是试验性小说中所刻意体现出的空间叙事特点，而是空间与时间的一种有机结合，让读者在穿越历史空间的阅读体验中，深切感受到时间的永恒。辛格短篇小说中的人物形象生动，栩栩如生，但是这些人物基本上可以分为两大类型，一类人是生活在波兰犹太社区，他们已经湮埋在历史的尘埃中了；另一类人生活在现代的美国，苦苦挣扎，找不到精神的皈依。辛格对这两类人的成功塑造，不仅得益于诡谲多变的情节，更得益于他对叙事空间的成功构建。本章对叙事空间的分析将集中于故事空间的再现，从两个方面分析辛格短篇小说中的叙事空间："虚无"的现实空间和"真实"的魔幻空间。

第一节　"虚无"的现实空间

辛格许多描写波兰犹太人的短篇小说并没有哪一篇详细了描绘波兰犹太社区的全貌，甚至很难找到哪部短篇小说有较长篇幅的场景描写——辛格在这方面总是显得比较吝啬，最多是寥寥几笔。但是，如果将这些小说中所提到的各种场景拼接在一起，我们就可以大致建立起一个典型波兰犹太社区的形象：传统、破败、一成不变；这里就像是一个舞台，生活着一群落后、愚昧、笃信宗教的人，上演过一幕幕离奇荒诞的生活悲喜剧。辛格通过他的小说向读者传递出这样的信息：他对家乡怀有一种复杂的感情，既对它的封闭落后心生不满，甚至有些厌恶，一心想要逃离它，又对它怀有浓浓的眷恋；尤其是当身在异乡的时候，更是思乡情切，眷恋之情唯有从笔端溢出，落于纸上、留驻历史。波兰犹太社区虽然已经在历史的进程中消亡了，但在辛格的小说中，波兰犹太社区被空间化了。时间的流逝并没有改变它，它像剪影一样被投射到时间的长河上，再储存到人们的记忆中，成为永恒。

辛格短篇小说中出现的波兰犹太社区带有作者本人的强烈的生活印记，不少地名甚至取自真实生活原型。我们大致可以将小说中的生活场景分为三个层次，第一层：村庄——以弗拉姆波尔、科里谢夫、毕尔格雷等为代表；第二层：乡镇——以卢布林、克拉克等为代表；第三层：城市——以华沙为代表。

辛格非常喜欢以乡村作为故事的空间背景。犹太人聚居的村庄似乎都千篇一律，但在辛格的笔下，这些村庄和故事中的人物一样，色彩斑斓，成为了永恒的文学经典。一个典型的犹太村庄，总是少不了教堂、读经房、面包房、停尸房、澡堂、救济院等等这些最基本的建筑，它们既是普通犹太人日常生活的场所，也是犹太人保留自己传统和信仰的地理空间。辛格不厌其烦地在他的小说中为读者展示这些场所，似乎就是为了印证和强化犹太人的空间记忆。尤其是当这些场所永远地消失了之后，在小说中重现它们就更有意义了。

在有关村庄的空间描写中，救济院是一个比较突出的场所，短篇小说《救济院的一夜》和《打赌》都是以救济院作为空间背景的。相对而言，救济院是一个开放的空间，可以容纳不同身份和背景的人物。更重要的是，在救济院滞留的人大多阅历丰富，而且彼此互不相识，以此作为空间背景，为各种丰富多彩的故事的上演提供了可能。另一个经常出现的空间场景是市场，如《科里谢夫的毁灭》的高潮部分就是发生在市场，《市场街的斯宾诺莎》和《看不见的人》中也出现过对市场的描写。和救济院一样，市场和街道也是开放的空间，可以容纳各色人等；它还是动态的空间，可以为情节的流动提供动力。

米克·巴尔在定义空间的时候提出了"空间主题化"的概念，即空间自身也会成为描述的对象本身。（巴尔，2003：160）在《市场街的斯宾诺莎》第二小节的一段空间描写中，空间被主题化了，具备了一定的象征意义。在菲谢尔博士的眼中，浩瀚的夜空象征着斯宾诺莎式的世界，代表了知识和理性，是菲谢尔博士追求的理想境界。但是这个世界是如此的遥不可及，即使菲谢尔几乎穷尽一生也难以企及。而下面的市场街象征着真实的世界，充满了喜怒哀乐、悲欢离合。为了谋求生存，现实世界里的人们过着喧嚣、争斗的生活，没有思想甚至连信仰也不存在。这两种截然不同的世界却在菲谢尔博士的身上产生了交叉，或者说菲谢尔博士徘徊在两个世界之间。他一方面穷尽所有的精力和智慧追求那个理性的世界，另一方面他又生活在现实的世界里，甚至由于缺乏经济来源，不得不经常向生活屈服。菲谢尔博士站在楼上，处于上下空间的一个交叉点，这个空间位置恰好象征着他在生活中所处的尴尬位置。

这段空间描写可以被看作是这个故事的题眼，它为整个故事的发展设定了一个空间，自始至终，菲谢尔博士都在这个空间内挣扎，忽而上升，忽而下降，但最终命运还是向生活屈服了，菲谢尔博士选择了现实的生活。这段描写如此精彩，以至于读者一想到这个故事，便会自然联想起那个站在楼上，对着星空和市场街发出感叹的菲谢尔博士的形象。换句话说，辛格的成功之处正是在于将空间元素融入了线性的叙事中了。

在辛格的成长过程中，华沙扮演了非常重要的角色。辛格在童年曾随父母搬到华沙的克鲁奇玛尔纳街居住过一段时间，他每天的活动场所就是家里的几间房子和一个朝向街道的阳台。辛格在短篇小说《以色列的叛徒》中正是以这个场景作为故事发生的空间背景，叙述了一段故事。在小说一开头，叙述者就站在位于克鲁奇玛尔纳街的住所的阳台上，俯瞰这条街道：

> 没有什么比站在阳台上俯瞰克鲁奇玛尔纳街更好的了，从这里能够看到赛普拉，甚至更远，一直到铁街，那里有有轨电车！这里每天甚至每小时都有事情发生。一会儿有个小偷被捉住了，接着酒鬼依查·梅耶——糖果店埃斯特的丈夫——突然发疯，在街沟里跳舞。一会儿有人生病了，救护车被叫来了。有人家里着火了，消防员戴着铜帽和高筒靴，骑着马飞奔而至。（Singer, 1982: 505）

犹太人聚居的克鲁奇玛尔纳街嘈杂而混乱，与辛格童年的记忆十分相符。在这个场景里上演的故事注定不是温馨或浪漫的，而是丑恶和现实的。故事里的米兹那因为和多个女人保持暧昧的关系而受到指控，虽然百般狡辩，但最后不得不接受离婚的裁决。克鲁奇玛尔纳街虽然贫穷落后，但它却与现代都市文明毗邻，生活在其中的犹太人已经不再那么纯朴和愚昧，而是思想上接受犹太启蒙运动的熏染，逐渐有了一些变化。这种变化在小说中的叙述者身上也可以看到一些端倪。在小说结尾处，当米兹那受到了惩罚，不得不携波拉远赴巴黎和纽约时，"我"却对此充满了憧憬和幻想，甚至还流露出了一丝妒意。也许在传统与现实的冲撞下，叙述者更加愿意选择去外面世界经历一番。

在华沙，还有另一个场景在辛格的短篇小说中反复出现，那就是作家俱乐部。1923 年，辛格在经历了一段失意的人生后，回到了华沙。在哥哥的帮助下，辛格谋得一个校对和翻译的工作，并得以进入作家俱乐部，由此结识了很多当时著名的犹太作家和诗人。此时的华沙正处于犹太启蒙运动的高潮时期，各种思潮和观念泥沙俱下，各种人物也粉墨登场，身边的许多犹太人处于一种躁动不安的状态。举例来说，辛格的一部短篇小说《卡夫卡的朋友》就是以华沙的作家俱乐部作为故事中人物的主要活动场所。在作家俱乐部，"我"与故事的主人公雅各·科恩相遇。此人生活落魄，但却仍然摆出一副上流人士的派头，与周围的环境格格不入。通过科恩之口，"我"断断续续地听说了有关于卡夫卡的一些故事，了解到卡夫卡一些鲜为人知的疯狂的行为。故事中的作家俱乐部作为一个与文学有关的公共场所，成为各色人物和各种思潮汇聚的空间，可以最好地反映当时一些犹太人的不安和躁动。故事中的一段话恰好反映了文学与思想的关系，也侧面说明了作者选择作家俱乐部作为故事空间的深刻用意：

> 犹太人的记忆太丰富了，这是我们的不幸。我们被赶出圣地已经两千年了，现在我们又要回去。是不是很疯狂？如果我们的文学能够表现这种疯狂，将会是非常了不起的。（Singer，1982：283）

总之，借助辛格的小说，无论是旧时的波兰犹太社区，还是曾经骚动不安的华沙，都和辛格小说中的人物一样成为了永恒的经典——都深刻而清晰地镌刻在读者的心中。似乎不经意间，我们发现辛格的真正用意不仅仅是描述那群生动的犹太人，而是为了记录下人群背后那些触手可及的村庄、街道、经房和犹太学校。对于辛格来说，这一切都曾经如此真实。但当历史的烟尘散尽，曾经的人和物都化为了历史的剪影，转变成为一幕幕生动的空间意象。现在，在辛格的小说中，那些空间的意象又被重新注入了生命，一个个人物和景象似乎又复活了，跃然纸上。然而，无论辛格在小说中如何努力的描述，波兰犹太社区都已经不复存在了，这在辛格还有无数犹太人心中都留下了永久的遗憾。但当曾经如此真实的世界变成虚无的时候，至少我们还可以在辛格的小说中看到历史所投下的斑驳的影子。

在辛格的笔下，还有至少三分之一的短篇小说向我们描述了一个迷茫的现代美国社会。在美国，物质文明高度发达，但是生活在这个社会里的人们——包括犹太人，在追逐金钱的同时，却失去了信仰，精神极度匮乏，有的人甚至处在精神崩溃的边缘。在他的笔下，美国社会就像是一个大舞台，一个个演员粉墨登场，伴着喧嚣上演了一幕幕人间悲喜剧。当曲终人散的时候，一切又归于平静。

在具体的场景描写中，"咖啡馆"反复出现，并被赋予了一定的空间象征意义。它可以被看作是一个小的舞台，各色人物纷至沓来，又匆匆离去，不会对环境有任何的改变，但却可以留下一段段精彩的故事。短篇小说《咖啡馆》就是直接以"咖啡馆"作为故事的标题和空间背景。在辛格的这篇小说中，"咖啡馆"未被描述成一个供人们消遣娱乐的场所，相反却成了人们颓废的精神生活的一个见证。辛格小说中的人物经常在失落、困顿的时候来到咖啡馆，品尝苦涩和失意的人生。故事中的叙述者在咖啡馆偶遇一名犹太妇女，名叫伊斯特。和辛格作品中大多数女性人物一样，她也是二战集中营的幸存者。在有了初步的交往后，伊斯特突然失踪了，接着又神秘地在咖啡馆出现。这一次，她向叙述者讲述了一件离奇的事情：她在咖啡馆看见了希特勒。表面看来，故事是要表现主人公错乱的精神状态，并借此痛斥二战和纳粹给犹太人造成的巨大伤害——这也是辛格一贯的主题风格，但从空间的角度来看，似乎又不那么简单。正如叙述者所说，"如果时间和空间不仅仅是视觉形式，质量、数量和随机性只是思想的属性，那么希特勒出现在百老汇的咖啡馆里就不是不可能的事情"。（Singer, 1982: 300）也许这只是空间在时间轴线上发生的简单位移，人物发生了时空穿越而已；亦或许这种非常规的现象恰恰是宇宙的普遍规则，只是我们被自己的视觉蒙蔽了。如果将这种理论延伸开来，那么实际上犹太人也在不断地进行着空间的穿越，但却总是出现在错误的空间里。不论是在东欧还是在现代美国，犹太人都没有找到自己的归属之地。

这种空间的错位在辛格的小说中经常发生。小说《一次演讲》中，叙述者在奔赴加拿大的火车上就产生了这种错位的感觉。当火车还在美国境内的时候，车内还是一副悠闲祥和的场景。但当火车越来越接近边境时，车内的氛围逐渐发生了变化：原先的井然有序突然变得有些混乱，舒适的环境变得潮湿清冷，优雅的乘客也开始变得躁动不安。"美国的美梦渐渐消逝，严酷的波兰现实又回到眼前。"这种空间的转换似乎是一种幻觉，但它对于辛格来说却是非常真实的。一方面，波兰的犹太社区生活给辛格留下了太深的烙印，无论辛格身处何地，过去的一切总是时时浮现在眼前。对于波兰，辛格的情绪也是非常复杂的，他既害怕回到那种贫困落后的生活状态，又对过去的生活十分怀念。另一方面，现代美国社会无法给辛格提供一种精神上的庇护，每当辛格精神上困顿的时候，一种寻求精神皈依的欲望总是迫使辛格冲破时空的局限，回到过去。同样的情形也在《咖啡馆》中出现过，叙述者站在窗前向外望去，忽然被一种空虚感所笼罩。窗外的百老汇大街一片萧瑟：天空阴沉灰暗，街上的汽车缓缓移动，商店关门闭户。这种景象一下子让叙述者仿佛置身于华沙。

　　总之，辛格在描述现代美国社会的时候，会经常发生像咖啡馆那样的空间转换，这也成为辛格短篇小说中空间描写的一个重要的特征。除了描写开放的空间，辛格短篇小说中空间描写的另一特征是描写封闭的空间。这些封闭的空间可能是《心灵之旅》中闷热的旅馆，也可能是《一次演讲》中嘈杂的车厢，抑或是《旅游巴士》中流动的巴士。其中最典型的代表是《写信人》中对主人公居住房间的描写。这个故事的主人公赫尔曼是一家小出版社的编辑，因为家人都被纳粹杀死了，所以独自一人生活。赫尔曼不仅年事已高，而且被疾病缠身。更加不幸的是，突然某一天他所赖以维持生计的工作也没有了。现在，无所事事的赫尔曼不得不回到自己租住的小房间，打发剩下的时光。一开始，赫尔曼感觉还不错，退休的生活可以让他享受更多的自由，他再也不用过着那朝九晚五的单调生活。这个时候的房间是温暖的，他也并不感到十分孤独，房间里的取暖器发出嘶嘶的声音，小老鼠也在四处觅食，让他感觉到生命的力量，造物主的伟大。很快，冬天来临，天降大雪，赫尔曼的出行变得非常困难，他的所有活动都被限制在房间里。每天，他都处在一种半梦半醒的状态之中，对过去的回忆夹杂着各种幻觉。赫尔曼的生活也变得越来越没有节奏，他也越来越没有存在感。唯一让他感到真实的是每天收到的信件，它们也成为他唯一的精神寄托，他每天全部的工作就是读信和写信。但是在这个过程中，他似乎经常会陷入幻觉之中，混淆现实世界与虚幻世界之间的界限。在幻境中，赫尔曼与家人团聚，见到了死去的人。这个时候，他所租住的房间也变得越来越阴冷，像一座牢笼一样，囚禁了赫尔曼的肉体和灵魂。赫尔曼的意识变得越来越模糊，他对生活的意识也一点点地失去。窗户上结满冰花，屋里冰冷彻骨，连老鼠也不出来觅食了，一片萧瑟，似乎赫尔曼的世界就要走到尽头了。正在这个时候，一个曾和赫尔曼有过联系的陌生女人突然来访，似乎冥冥之中有什么力量安排她最后送赫尔曼一程。弥留之际，透过窗户赫尔曼看到一丝黎明的曙光，还看到了云朵、窗户、房顶、消防通道等等。漫长的黑夜终于结束了，残酷的现实世界又回来了。一只鸽子从雪中飞过，房间里的暖气也开始变得炽热，隔壁邻居家的孩子发出了第一声啼哭，伴随着主妇的咒骂声。大地似乎又恢复了生机，赫尔曼所期待的救世主似乎也要降临了。

在整个故事中，空间随着人物心理的变化而变化，映衬出人物复杂的内心世界。当主人公心情轻松时，空间内的景物也显得亲切自然；当主人公日益消沉时，空间也变得灰暗阴沉，充满压抑感；当主人公重新燃起希望时，空间又变得明亮起来，空间内的景物也开始变得有了生机。

这个故事中的空间几乎是完全封闭的，与外界空间也几乎没有任何联系，像是现代都市中的一座孤岛。它实际上代表了美国犹太人的生存空间，压抑而没有生机。辛格对美国犹太人的生存状态非常担忧，他们背负着二战的生理和精神创伤，而且失去了家园，寄居在充满现代感的美国社会，丝毫没有归属感，也无法主宰自己的命运。当他们在现实世界受挫时，几乎无路可退，只能在狭小的空间里苟延残喘。故事中的赫尔曼只是千千万万个美国犹太人的一个缩影，他竭尽全力去适应周围的环境，但是最终所有的努力都化为泡影，留给他的只有一个小小的空间。或许生活在现代美国社会的犹太人从来就无法摆脱自身的命运，他们所能做的就是默默地祈祷，等待被救赎的那一天早点到来——也许永远也不会来。

与空间的浓墨重彩相比，小说中时间的变化在故事中几乎无迹可寻。在赫尔曼的房间内，我们仿佛感受不到季节的变幻，只能体验到寒暑的交替，小说的时间性没有得到充分的体现。小说中人物的意识和时间一样变得十分模糊，他时而清醒，时而糊涂，对时间的变化几乎没有什么感觉，只能略微感受到空间的变化。因此，空间在故事中不仅具有象征意义，而且起到了非常重要的结构作用。不仅如此，这小小的空间还成了联系其他空间的途径。故事中，赫尔曼经常提到的一个事实就是：一个死去的人可以穿越空间在另一个空间出现。他经常在半梦半醒的状态中看到死去的家人，并且感觉非常真实。在赫尔曼临死之际，一个陌生的女人突然从另一个空间闯入，打破了时间链条上的因果关系，为小说增加了浓郁的神秘感。

与东欧犹太社区一样，如此真实的现代美国社会在辛格的笔下也变得非常的

"虚无"，这种虚无感是相对犹太人的精神状态而言的。虽然物质文明高度发达，但犹太人两千年来特别是二战以来所受到的精神创伤是无法医治的。因此，很多辛格笔下的美国犹太人在精神上处于游离状态，徘徊于现实空间和历史空间之间，不停地为灵魂寻找安息之所。从东欧犹太社区到现代美国社会，时间的嬗变似乎没有留下任何印迹，犹太人只是从一个空间进入到另一个空间，空间的穿越成为辛格短篇小说中的一种最可常见的现象。

第二节　"真实"的梦幻空间

与"虚无"的现实空间相对，辛格在短篇小说中努力营造一个相对"真实"的魔幻空间。这是一个群魔乱舞的邪恶世界，与现实的世界截然不同。但是，辛格笔下的魔幻空间与现实空间是并存的，甚至是同样的真实。魔幻世界的魔鬼各有特点，在不同的故事里有不同的表现。有的化身为优雅的绅士，如《克拉克的绅士》中的魔鬼；有的随意侵入人类的思想，如《地狱之火海恩》和《死而复生的人》中的魔鬼；有的现出原形直接面对人类，如《羽毛的皇冠》中的魔鬼。这些魔鬼尽管表现各异，但他们都能从容地穿梭于不同的空间，使出浑身解数，诱惑人类犯罪。《羽毛的皇冠》中魔鬼为了诱使主人公违背传统，改变信仰，在阿克莎的枕头里放了一个羽毛做的皇冠。《教皇蔡得勒斯》中魔鬼直接现身，通过各种花言巧语，诱使蔡得尔改变笃信的犹太信仰，改投基督教，最后落得贻笑大方的下场。而在《克拉克的绅士》中，魔鬼则取得了最大的胜利，让整个村子的人陷入疯狂。

辛格非常喜欢在短篇小说中融入"魔鬼"元素，他笔下的"魔鬼"并不是反映个人与现实世界的偏离，而是反映整个犹太社区与现实世界的偏离。（Sontag, 1962）可以说，辛格借助多部短篇小说中的魔鬼元素，成功地构建出一个魔幻的空间。他不仅想要通过魔幻的空间来反衬出现实空间里人们的种种自私、贪婪、怀疑和背叛等等劣性，更试图通过这种相互作用对人类起到警醒和鞭策的作用。实际上，《羽毛的皇冠》中导致主人公背离犹太传统的真正诱因并非魔鬼，而是主人公内心对自由和异教徒生活的渴望。同样，《克拉克的绅士》中驱使整个村庄沦落的并不是魔鬼的甜言蜜语，而是村民对财富的向往和追逐。吉姆佩尔在向面粉里撒尿的时候，起决定作用也是他内心的愤怒，魔鬼的劝诱实际上是吉姆佩尔报复心理的映照。也许在辛格看来，我们的世界原本就是二元的，人类所生存的空间和魔鬼所存在的空间是并行不悖的，或者后者就是前者衍生出来的，两者是对立统一的。正是因为人类自身存在弱点，魔鬼才得以生存的空间。也可以说，魔鬼的世界就是人类世界的一面镜子，透过它可以照见人类身上存在的所有弱点。

某种程度上来说，魔幻的空间比现实空间更加真实，因为至少生活在虚幻空间里的魔鬼对自己的信仰更加坚定。相反，现实空间里的人类在信仰面前更加容易动摇。他们（犹太人）或是为金钱所迷惑，或是为情所困，或是为名所累。在辛格的眼中，现实的一切都是虚妄，犹太人经历了两千年的磨难而不绝，依靠的唯有信仰，而不是任何其他的东西。不论是在传统的犹太社区，还是在现代的美国社会，犹太人唯有坚持信仰，才能获得救赎。辛格在短篇小说中极力为读者塑造了一个"真实"的魔幻空间，它和"虚幻"的现实空间构成对比，一真一幻，相映成趣；一虚一实，相得益彰。

通过构建"魔幻空间"可以让叙事变得更加轻松，这对短篇小说来说更是如此。小说《最后一个魔鬼》从一个魔鬼的角度记录了犹太人几千年来生活和信仰的变迁，时空跨度非常之大。如果从现实的时空出发，这种叙事任务几乎很难完成。即使勉强能够完成，叙事的效果也会大打折扣。与现实空间相比，"魔幻空间"几乎不受时间的影响，因此完成时空的穿越是轻而易举的事情。

可能是出于对现实世界强烈的疏离感，辛格还非常醉心于描写梦幻的世界，并竭力通过他的短篇小说构建一个梦幻的空间。辛格自称为"做白日梦的人"，并认为自己的故事都是从梦境中获得灵感的。（Singer, 1985）吉姆佩尔在沮丧失望的时候在梦境中见到了死去的妻子，并受到了她的严厉呵斥；赫尔曼在弥留之际，恍惚中见到了二战中失去的家人；当阿克莎在抉择中苦痛挣扎时，她在梦幻中与祖父母激烈争执……每当辛格小说中的人物陷入困境或面临选择时，他们就会穿越现实的空间，进入一个亦真亦幻的梦幻空间。正如米克·巴尔所说："在策略上，人物的运动可以构成从一个空间到另一个空间的过渡。一个空间常常成为另一个空间的对立面。"（巴尔，2003：161）在这些梦幻的空间里，人物的精神信仰不停地受到质疑和拷问，并最终做出各种各样的选择。借助这种形式，辛格实际上延续了两千年来所有犹太人对自己信仰的质疑和拷问。

可以说，在很多故事里，梦幻的出现都是故事最高潮的部分。每当置身于梦幻空间的时候，主人公都会敞开心扉，把藏在心底的想法毫无保留地展现出来，在思想上和梦幻中的人物进行激烈的交锋。如在傻瓜吉姆佩尔想要对残酷的现实世界进行报复的时候，埃尔卡在他的梦境中出现，质问他愚蠢的行为。面对曾经愚弄他一生同时又是他最亲近的人，吉姆佩尔再也无法抑制自己的愤怒，大声地指责埃尔卡的过错，并放声痛哭以发泄自己抑制多年的情感。但当埃尔卡用自己的经历告诉吉姆佩尔，犯罪的人都要接受审判和惩罚时，吉姆佩尔改变了初衷，也最终完成了自己在世间"圣徒"般修行的最重要一步。同样在《羽毛的皇冠》中，当阿克莎在世俗婚约面前彷徨不定的时候，她在梦境中与祖父和祖母进行了激烈的对话和思想交锋。通篇考察小说可以发现，梦境频繁出现在阿克莎的生活中，占据了她精神世界中几乎全部的空间。可以说，在梦幻的空间中，阿克莎接受了全部的信仰拷问，完成了追寻信仰的一次苦难历程。

通过构建梦幻空间，作者可以较为充分地凸显主题，加快叙事节奏，提高叙事效率。相对而言，辛格故事中的人物在现实的空间里表现得都比较压抑，不会直接表达自己的思想和种种疑问。在遇到问题和挫折的时候，这些人往往会选择沉默和逃避。他们只有出现在幻境时才会敞开心扉，一吐为快。这或许是犹太人精神世界和现实生活的真实写照。现实中的犹太人——包括辛格本人，常常会陷入信仰的危机中，而他们又找不到可以倾诉的对象，或许这种在幻境中的呓语才是最佳的选择，才能真正倾诉犹太人的心声。因此，辛格小说中的梦幻空间一定程度上也被赋予了现实的意义，它看起来是虚幻的和不切实际的，但当我们把它和犹太人的精神和命运联系起来进行考量的时候，它也和上面提到的魔幻空间一样，变得"真实"起来。

辛格将自己这种有意模糊现实空间和魔幻及梦幻空间的做法称作"神秘的现实主义"。他一方面在自己的小说中极力塑造各种具有强烈现实感的人物形象，描写现实世界里发生的琐碎小事。这些人和事如此真实，让读者经常会产生错觉，认为辛格就是一位不折不扣的现实主义作家。但另一方面，辛格却在"现实主义"的外衣下，毫无顾忌地在故事中融入各种神秘的元素，他笔下的人物也总是能够轻易地游走于现实与神秘之间，在现实空间和魔幻空间中自由穿梭。更让人捉摸不透的是，辛格总是在小说中坚定地暗示读者：这些奇幻的事情是以现实为基础的，非常有可能在现实世界里发生，只是不知道具体的时间和地点罢了。对这种"模糊"的创作态度，辛格有自己的解释：

> 在我所有的写作中我总是保持模糊的态度。之所以有这样的态度，是因为我是为现代人写作，而他们又是理性主义者，我不能告诉他们这就是完美的真理，我也不想告诉他们这就是完美的谎言。我想让它成为用两种方式都可以解释的东西。(Singer, 1985: 125)

这就是说，尽管辛格是为现代人写作，他想要反映的是现代人的种种困惑、疑虑和不安的生存状态，但他并不想"以实写实"。相反，他采用的是一种"借虚绘实"的叙事技巧，把现实中的人物置于各种想象的空间中，让人物可以充分地暴露自己的各种贪婪、不安和恐惧的情绪，并借此委婉地表达他对现实的理解。

空间在叙事作品中具有重要的结构意义，它既为故事人物提供了必需的活动场所，也是展示人物心理活动、塑造人物形象、揭示作品主题的重要方式。辛格的短篇小说中的人物主要生活在两个历史空间：波兰犹太社区和现代美国社会。辛格故事中的人物表现出对空间的强烈的依赖性，甚至可以说空间在一定程度上成为了比人物更加突出的符号，成为辛格短篇小说最为显著的标记。随着波兰犹太社区的瓦解和消失，这个历史的空间彻底地符号化了，转变成为犹太历史一个似有实无的象征。而对于犹太人来说，现代美国社会则是一个被异化的空间。犹太人穿越历史来到这个空间，却发现这里并不属于他们，他们的灵魂唯有继续飘荡，寻找可以皈依的空间。

第三节 《旅游巴士》中叙事空间的构建

本节以辛格的一个短故事《旅游巴士》为例来分析辛格短篇小说的空间叙事

技巧。相对于其他的艺术形式如造型艺术、视觉艺术，书写语言文本特别是小说本质上是一种线性的时间结构，"如果打破这种单向的线性结构，将书写语言文本任意回旋交叉，只会使人不得其解"。（谭君强，2008：118）但叙事文本中所表现的时间和真正的故事时间不可能严格一致，对《旅游巴士》一文进行时间分析可以发现，小说对故事的时间流程并没有清晰的交代，时间的线索并不明晰，读者在阅读后只能对这次旅行建立起模糊的时间概念，因为作者对时间的交代非常不清晰，甚至对旅途的风景和停靠的站点着墨很少，而是将大量的描写留给了富于戏剧性的场景和人物关系。

时间的表现手段在小说《旅游巴士》中被作者有意识地弱化，叙事的空间特征则相应地得到了强化。首先，小说在开头虽明确交代了故事发生的年代——1956年，但是具体的日期却没有说明；小说还交代了这次旅行的时间长度为12天，但起止时间却很模糊。其次，小说讲述的是一次旅行中发生的故事，但故事时间和叙事时间的流动并不一致。事实上，故事时间被大量压缩了。如文中有两处明确提到了故事时间：

（1）我们在马德里停留了两天，在科多巴待了一天。

（2）在科多巴，维尔霍夫人让巴士延误了近两个小时。

这两处对时间的处理很清楚地表明，作者无意按照故事时间的流动进行叙事，而是将故事时间进行大幅度的压缩。小说将更多的叙述用来构建叙事空间。文学叙事主要通过终止叙述的流动——即通过并置、主题重复、章节交替以及多重故事来构建空间，让读者在时间的一瞬间从空间上而不是从时间顺序上理解作品。在小说《旅游巴士》中，小说叙述的内容呈现出一种不确定性的空间特征。如小说中的人物背景通过几个叙述者以碎片的状态被呈现，读者无法通过这些碎片来勾勒出人物的全貌。同时，人物在这次旅途结束后各自的命运也无法确定，这既让读者产生一种陌生化效果，也邀请读者参与对文本的阐释。如弗兰克所说，时间不再是客观的、因果的进程，变成了消除现在和过去区别的连续统一体，过去和现在更多的是在空间上的感知。（弗兰克，1991）小说从历时性走向空间化，是与小说涵义的不确定性、小说结构的开放性以及小说的阐释由作者到读者的转移相一致的。

20世纪现代小说对空间形式的关注，带动了叙事学研究的空间转向。叙事空间的出现是对传统时空观念的背离，广义的叙事空间研究"不仅包括小说、历史、传记等时间文本，也应该包括绘画、雕塑、建筑等传统上偏重空间的文本，还应该包括电影、电视、动画等既重时间又重空间的叙事媒体"。（龙迪勇，2006：67）

文学作品的传播与表达依赖于时间，但文学形象本质上则是一种空间的存在。空间不仅是故事发生的地点和叙事不可缺少的场景，更是用来表现时间、安排小说结构、推动整个叙事进程的手段。（王安，2008）在空间的表现形式上，舞台艺术多采用舞台布景构建空间，绘画与电影通过线条变化和色彩的浓淡表现空间，而文字叙述则多采用描写的方式实现空间化的叙事效果。空间性来源于艺术，与一些视觉艺术如雕塑艺术和电影艺术相比，文学作品具有天然的不足，叙事空间的构建需要读者的积极参与。但不可否认的是，成功的空间文学作品能够实现和视觉艺术一样的效果，这一点在艾萨克·辛格的短篇小说《旅游巴士》中得到了充分的证明。在这篇小说中，作者娴熟地利用场景描写、人物素描和对历史碎片的并置等空间叙事技巧，构建出三个空间层次：静态的舞台空间、灵动的绘画空间和飘忽的电影空间。

《旅游巴士》中故事的主要发生场景是在流动的巴士上，很多重要的情节都是在这一场景里酝酿和发展的。这个故事和许多中国的历史演义小说如《水浒传》一样，故事的名字就说明了空间场景是小说叙事的重要元素。很多旅游小说都选用类似巴士这样封闭的空间作为故事的场景，因为可以充分利用巴士车内动态的空间来推动情节的发展。在短篇小说《旅游巴士》的，人物关系的建立、故事情节的推动和发展，都是借助空间位置的变化和流动实现的。

故事一开场，"我"便与空间距离最近的一位主要人物——维尔霍夫夫人进行了接触。这是一位非常具有叛逆精神的犹太妇女，外表虽然很热情，但却对周围的世界充满敌意。她先对自己的丈夫充满怨气，不仅指责他各啬小气，还说他有同性恋的倾向。她还对犹太人和犹太宗教表现出强烈的不满，甚至因此改变信仰，转投基督教。维尔霍夫夫人之所以如此愤世嫉俗，是源于她在二战中所遭受精神上和肉体上的重创，而且伤口一直难以愈合。随后，由于空间位置的变化，故事又聚焦于"我"和维尔霍夫先生。通过维尔霍夫先生的叙述，读者可以通过一个新的视角对维尔霍夫夫人建立起一个完全迥异的形象。在他的眼中，维尔霍夫夫人可以说是一个不折不扣的精神病态者，她的行为就是要向整个现实世界进行报复。

随着空间位置的不断变化，"我"孩子在巴士上先后结识了另外两个重要的人物：梅太隆夫人和她的儿子马克。梅太隆夫人是一位土耳其亚美尼亚人，嫁给了一位比自己年长四十多岁的犹太富商为妻。表面上看来，梅太隆夫人高贵优雅，但她的内心却缺乏安全感，不仅对亚美尼亚人曾经遭遇的灾难心有余悸，而且对新生活又充满不确定。而她的儿子马克则是一位野心勃勃的犹太少年，精明中透着干练。他一心想要到美国去发展，因此处心积虑地接近和讨好"我"，甚至不惜撮合"我"和他的母亲。

故事中这些人物之间原本毫无联系，但是作者通过巴士车上空间位置的调整和变化，让这些人物彼此建立了联系，并由此产生了一段段感情纠葛。"巴士"作为故事的空间场所，它本身是静态的，它同时又是动态的话语要素聚合的空间，推动着叙事的自然进程，使叙事的因子按主题意义发生联系、产生结合，叙述内容也因而得到相对地扩充和放大。

和一般旅游小说不同的是，《旅游巴士》一文通过对外部空间的处理，使得"巴士"空间更像一个静止的舞台空间，而非一个流动的物质空间。小说对途中巴士外面的风景着墨不多，对巴士所停留的城市也很少进行描述，这样的处理可以制造一种巴士并不在移动的感觉，人物活动的场景一直处于相对静止的状态。小说对巴士内部空间也采用了同样的处理手法，几乎没有对具体的场景进行任何细节上的描述，读者难以对"巴士"这一重要场景的本身建立起清晰的概念。这种处理方法和现代戏剧对舞台场景的处理是一致的，让空间表现出更多的抽象和写意。

在这篇小说中，"巴士"所形成的舞台空间被赋予了更多的社会意义。流动的人，不断变化的位置，就好像是一个小小的社会，人与人在茫茫世间偶然邂逅，毫无预兆地开启一段故事，又很快悄无声息地结束。作者试图通过对空间场景的刻意选择来表现他一贯的主题：现代人之间冷漠的关系和精神的迷失。人在舞台上的空间位置被预先安排或是被调来调去，寓示着人根本没有选择自己命运的机会。和真正的戏剧舞台相比，"巴士"空间更加狭小和封闭，缺乏开放性。另一方面，故事中通过巴士所构建的空间却表现出强烈的包容性，能够展示复杂的人物关系，并且对人物性格的塑造起到了重要的作用。故事中的维尔霍夫夫人代表了无数遭受战争创伤的犹太女性，他们也是辛格在短篇小说热衷于表现的人物主题。在故事中，辛格也委婉地表达了对这类人物的态度。一方面，辛格非常同情他们的遭遇，对他们所遭受到的不公正待遇愤愤不平，对那些给犹太人造成伤害的罪魁祸首表达出极端的厌恶和痛恨。但另一方面，辛格也不愿意看到犹太人以此为借口，到处树敌，或是以此为资本处处乞求哀怜。故事中的马克则是新一代犹太人的代表，他们不仅精于算计，还处心积虑地想要改变自身的现状，但他们却丧失了犹太人最珍贵的精神信仰。他们身上散发出来的是强烈的商人气味，几乎看不到任何犹太人两千年文化传统的印迹。辛格对这些充满"现代"气息的犹太人也抱有复杂的感情。一方面，他感佩这些新一代犹太人身上所表现出来的积极进取的精神，并因而对犹太人的前途怀有希望。另一方面，他又为犹太人的传统和文化在新一代犹太人身上一点点丧失的现实感到惋惜，痛心于现代文明对犹太文明无情的冲击和异化。对于维尔霍夫先生这类典型的非犹太人，辛格没有明确的态度，或是采取了一种不褒不贬的态度。可以看出，辛格在小说中对维尔霍夫先生的处理非常小心，以免引发犹太世界与非犹世界的矛盾。另一位人物梅太隆夫人具有强烈的象征意义，她实际上代表了一种诱惑，或者说是一种欲望。辛格一直坚持认为，激情和欲望是人类发展和前进的原始动力，他很多的小说都是以此为主题的（Singer，1985）。小说中，梅太隆夫人美貌优雅，对"我"产生了巨大的吸引力。然而，人类在欲望面前却总是表现得不尽如人意，正如故事中的"我"每次在遇到诱惑时，总会选择仓皇逃跑，不敢正视。

由此看来，一辆小小的"巴士"事实上承载了辛格的整个世界，折射出他对现实世界最真实的看法。一方面，辛格对人类充满了人性的关怀，也被人类内心深处所迸发出来的激情所感动。另一方面，他在欲望的包裹下又感到无比的孤独和恐惧，受到种种复杂情绪的冲击，在现实面前不得不选择逃离。

为了更好地塑造人物形象，作者借助了舞台灯光明暗的处理方法来构建空间。在巴士上，只有被聚焦人物的形象是相对清晰的，其他非聚焦人物的形象都比较模糊，就好像是舞台上将灯光投射在主角身上，将主角的言行充分地展示在观众面前。主角和配角之间界限清晰、层次分明。这种处理空间的方法也运用到在另一个重要的空间场景——餐厅上。在小说中，"我"与梅太隆母子在餐厅相聚并展开了玄机暗藏的对话。和对巴士空间的处理相似，作者同样采用了类似舞台灯光明暗的处理方法，将视线聚焦于主角人物，对餐厅内其他用餐的人则并不关注。

小说《旅游巴士》除了借助巴士、餐厅等物理空间来构建叙事空间以外，还借助了绘画的手段来表现空间。绘画是空间艺术，时间在画纸上被浓缩和凝聚，变成艺术上可见的东西。相对于绘画这种视觉性、空间性的直觉经验，文字这一线性媒介的局限性就表露无遗。但是，艺术家所具备的"出位之思"却能使得他们突破局限，用文字媒介表达出空间媒介的意境来，如诗人用诗传递画的意境，给人以色相。（龙迪勇，2007）在《旅游巴士》一文中，作者对人物的描写寥寥几笔，却如画笔般十分传神地将人物落于纸上，将人物形象空间化。如对维尔霍夫夫人的肖像刻画：

> 胸口上戴着一个惹人注目的黑色十字架，头发染成红色，脸上涂着厚厚的粉，棕色的眼睑上抹着蓝色的眼影，但是这些脂粉和眼影不能掩盖下面深深的皱纹。她长着一个鹰钩鼻，嘴唇红的像烧红的煤渣，满嘴黄牙。（Singer, 1982: 542）

这段精彩的描述在读者大脑中自然地形成一幅肖像画，画面中最为突出的特点是色彩：红色的头发、棕色的眼睑、蓝色的眼影、火红的嘴唇和满嘴黄牙。这些鲜明的色彩让一个饱受二战摧残、行为有些乖张的人物形象立刻栩栩如生，跃然纸上。类似地，这种借用绘画的空间手段还被用在对马克的形象塑造上：穿着短裤和羊毛高筒袜，衬衫领子披在夹克外面，一头黑发留着个小平头，又黑又亮的眼睛，皮肤苍白。通过这些描写，一个精明强干的犹太少年的形象很快便在读者的脑中成形、固化。

在图像叙事中，可以利用"错觉"和"期待视野"重建事件的形象流（时间流），即空间的时间化。（龙迪勇，2007）在这篇小说中，文字表述下的人物形象在被空间化之后，叙事并未就此完全终止，而是在读者的想象中不断地扩大和延伸。维尔霍夫夫人为什么会有这样的性格，在她身上究竟发生过什么可怕的事情？她会在接下来的故事中进行怎样的选择？马克的眼睛又黑又亮，画中的他是被聚焦的对象，但他却又总是把画面外的聚焦者当作焦点，像是要把你看透，不禁让人不寒而栗。难怪梅太隆夫人不停地抱怨：我感觉总是有一双眼睛在背后盯着我。尽管在具体性、形象性方面，叙事作品中的画面不如图画本身，但文学作品中的图画要比物质的图画要广大和深刻的多。（龙迪勇，2007）

在《旅游巴士》一文中，作者在线形叙事的时间链条中不断寻求机会，利用时间的错位营造空间意象。其中一个重要的手段是插入历史片段，将时间的碎片自由地拼接，形成一系列不连续的并置空间。这些空间就像不断切换的电影镜头，将时间性的历史片段空间化。当然，这种空间意象本质上是非物质的，仅仅存在于读者的意念中。例如，在"我"和维尔霍夫夫人的第一次对话中，她喋喋不休地讲述丈夫的一些卑劣行径，在读者的头脑很快会形成一些不连贯的画面，并不断闪现。

> "到现在为止，我发现你是车上唯一的犹太人。我丈夫不喜欢犹太人，也不喜欢右翼爱国者。他的偏见太多，我说什么都会让他不高兴。如果他掌权了，他会把大部分人类都消灭掉，只留下他的狗和几个来往亲密的银行家。我打算和她离婚，但他太吝啬了，不肯付给我赡养费。他给我的生活费少得可怜，我很难生活下去。但是他非常聪明，是我所见过的书念得最好的人之一，会讲六国语言。不过，感谢上帝，他不会讲波兰语。"（Singer, 1982: 543）

这些在读者意识里出现的空间意象虽然不都是真实可信的，但至少能够帮助读者在某一时刻迅速构建多个并置的空间，强化对某个叙事对象的认识。这些记忆的碎片通常都与过去某个历史时刻所发生的事件相关联，或者与小说中人物的经历有关。这些片段的出现必然打破叙事过程中时间的线性流动，让历史片段以固化的空间形式和现在并置。小说正是通过这种并置的空间意象将人物的行动串联起来，增加人物形象的表现力度。比如，在塑造维尔霍夫夫人这一具有某些神经质的人物形象时，作者除了通过她在旅途中的言行来表现以外，还借助他人之口构建与人物有关的历史空间意象，丰富人物的形象。通过其夫维尔霍夫先生口中叙述出来的一些历史片段令人印象深刻：

> 虽然改变了信仰，但是她的所作所为简直就是一场闹剧。这个女人到处树敌，但是她最大的敌人是她自己的嘴，她最大的本事是让每个见过的人讨厌她。她试图和苏黎世的犹太人社区建立联系，但是她说的话太离谱，社区里的人都不敢和她有任何关系。她会找到拉比，把自己说成个无神论者；她会和拉比进行激烈的宗教辩论，并把他说成伪君子……（Singer, 1982: 547）

维尔霍夫先生叙述的内容并不连贯，只是一个个独立的意象，但如果将它们合在一起，就能让读者看到了一个思维缺乏逻辑、精神有些错乱的犹太妇女形象。这种空间叙事的技巧是电影艺术所擅长的，在被移植到小说叙事中以后，同样表现出令人赞叹的叙事效果。这些空间意象看似凌乱，但却存在其内在的逻辑性。通过构建与维尔霍夫夫人有关的空间意象，作者试图向读者表达他对在二战中遭受过磨难的犹太人的态度：哀其不幸，怒其不争。很多犹太人在经历二战集中营的磨难之后，不免自哀自怜，既希望得到世人的同情，又对现实世界充满怨恨。辛格对此抱有看法，主张犹太人应该自尊自爱、自强不息，不能将自己的苦难作为争取同情的砝码，更不能对犹太人的未来和前途丧失信心。

同样，辛格在塑造梅太隆夫人和马克的形象上也采用类似的手法。故事人物在一个场景空间表现自我的同时，另外一些支离破碎的空间并置存在，使得人物形象更加丰富。在梅太隆夫人的并置空间中，展现的是她的丈夫、亚美利亚身份以及她在土耳其的痛苦经历等等。借助梅太隆夫人的并置空间，读者可以看到一个历经坎坷、试图改变生活现状的主妇形象，也可以感受到埋藏在内心深处蠢蠢欲动的激情。这些历史的碎片和"我"的独特经历混合在一起，产生了某种化学反应，更进一步强化了这些空间意象在读者意识中的反应。

除了借用封闭的空间场景、人物肖像的绘画以及历史空间的并置这些叙事手段构建小说的叙事空间外，小说的形态结构也构成一种天然的空间形式。龙迪勇（2005）在其论述中曾提到过一种"圆圈式"空间叙事结构，并将《百年孤独》的时间性结构作为之一结构的代表性作品。在《旅游巴士》中，我们虽然没有发现这种时间性的"圆圈"结构，但却从形态上发现类似首尾相接的布局。小说开头以"我"和维尔霍夫夫人在巴士车上的偶遇开场，又以两人最后在火车上的邂逅结局，恰如两人在各自经历了一段情感历程之后，从最初的骚动和不安归于暂时的平静。人物在经过了一系列的选择与放弃之后，最终又回到了起点。小说以"巴士"作为开篇的场景，又以"火车"作为结尾的场景，空间的安排首位衔接，自然地形成了一个圆，好像一切都没有改变，唯一改变的就是人的心境而已。正像维尔霍夫夫人所说的那样：一切都是上天安排好的——每个行为、每句话、每个想法。（Singer，1982：548）

热奈特认为，文学作品的语篇空间本质上是线性的，主要依赖于文字的线性流动，而叙事空间则可以随着叙事的进程突破这种限制。（热奈特，1980）辛格的小说《旅游巴士》在叙事过程中，有意突破时间的线性流动，借助舞台、绘画和电影的叙事技巧，通过一系列的空间位移、空间并置以及肖像描写，积极地构建叙事空间，使得小说叙事呈现出明显的空间化特征。

结 语

　　辛格在短篇小说的创作中展示出惊人的天赋，以"充满激情的叙事艺术"反映和描绘了人类的普遍困境。他在短篇小说中充分发挥"隐含作者"和叙述者的作用，灵活地运用各种叙事视角，精心设置叙事结构，巧妙利用时间和空间等叙事元素，既实现了流畅的叙事过程，也有效地提升了作品主题的表现力度。本书主要运用经典叙事学的一套理论工具，对辛格短篇小说的内在结构进行了较为细致的分析，一定程度上揭示出了辛格高超的叙事技巧。

　　本书首先从叙事交流的角度来考察辛格的短篇小说。通过研究发现，辛格短篇小说的交流意图主要是通过"隐含作者"和叙述者实现的。表面看来，以"隐含作者"为核心的叙事交流过程是一个单向流动的过程，即由真实作者创造"隐含作者"，继而又借助"隐含作者"将真实作者的思想、理念和价值观传递给读者，实现与读者的交流。但本书作者认为，以"隐含作者"为核心的叙事交流过程并非如此简单，应该被看作是一个双向交流的过程，可以细分为主动交流和被动交流两个过程。在主动交流过程中，真实作家创造"隐含作者"，并且尽可能将积极正面的元素注入其中，极力掩盖或抹去其消极和不道德的一面。就辛格而言，他努力在作品中将自己塑造成一位坚持犹太传统的作家，一位具有民族忧患意识的犹太信徒。按照他的说法，即便是对神秘主义的描写和宣扬，也是出于文学创作的需要。因此作品中的"隐含作者"形象实际上高于真实作者的形象。在被动交流过程中，读者（包括评论家）对"隐含作者"形象的解读发挥了更为积极的作用。通常来说，处于不同环境下的不同读者对同一"隐含作者"的理解是不一样的，即便是处在同一环境下的读者在"隐含作者"的理解上也有差异。因此，具备一定批判意识的读者对辛格短篇小说中的"隐含形象"提出种种质疑，并通过各种渠道进行积极地求证。这样，围绕"隐含作者"便形成了一个由作者、文本和读者共同参与作的双向交流过程，"隐含作者"形象也在这些因素的共同作用下产生了新的涵义。

在叙事交流的文本层次，叙述者则扮演了非常重要的角色。为了对辛格短篇小说中叙述者的表现和作用进行破解，论文首先对 47 篇小说中的叙述者进行了分类，并通过归纳的方法，对这些作品中的叙述者风格进行了概括。辛格短篇小说中的叙述者主要表现为两种风格："说书人"风格和"旁观者"风格。这两种风格的叙述者都具有很强的交流功能，在不同的作品中都起到了非常重要的交流作用。"说书人"风格的叙述者更多地出现在以传统犹太社区为背景的故事中，如《地狱之火海恩》。这种风格的叙述者在作品中可以与读者进行直接的交流，有效地拉近了读者与作品的关系。"旁观者"风格的叙述者则较多地出现在以现代美国社会为背景的故事中，如《胡子》等。他们在作品中刻意保持冷静，有意引导读者参与故事的解读，进而实现交流的目的。这两种风格的叙述者有一个共同之处，即叙述者的身份通常是处于社会底层的人，容易给人造成一种不可靠的感觉。通过分析发现，这些身份可疑的叙述者不仅忠实地履行了叙事的义务，还有效地实现了作品的交流意图。

叙事视角的研究主要揭示文学作品是以何种角度呈现故事的。本书首先对 47 篇短篇小说所采用的叙事视角进行分类，并着重从全知视角、第一人称回顾性视角，以及独特的"魔鬼"视角等方面，结合辛格的作品，具体分析了这些不同的叙事视角所取得的特殊叙事效果。在全知视角模式下，叙述者无所不知，了解人物的所有行动，掌握着故事的发展动向。这种视角模式有利于展示宏大的故事场面、复杂的人物关系，甚至可以利用叙述者和读者之间的信息差，制造出一种戏剧化的效果来。但是，由于叙述者需要掌控的面太广，与其他视角模式相比，对人物的内心活动的展示则略显不够。辛格在短篇小说中大量采用了第一人称回顾性视角进行叙事，通过对《康尼岛的一天》进行分析，论文发现第一人称回顾性视角的优势主要表现为两点：一方面，叙述者可以在叙事的过程中，以自己的切身经历和思想状态时刻牵动读者的心，营造出一种跌宕起伏的叙事氛围。另一方面，叙述者还可以对故事中人和物进行主观的评价，进而提升作品的思想深度和主题意义。研究还发现，在辛格的短篇小说中，由于叙述者的身份与真实作者的身份非常接近，读者在阅读过程经常会产生各种各样的迷惑和猜测，容易将叙述者的经历和观点与真实作者本人产生混淆。本书作者认为，这正是辛格短篇小说叙事的一个高明之处，即有效利用读者的好奇心，带动读者参与对叙述者和真实作者身份的推测，进而增加辛格短篇小说的吸引力。另外，辛格作品的一个独到之处是利用"魔鬼"的视角呈现故事。"魔鬼"的视角既可以等同于全知的视角，对故事进行全方位的展示，还可以从一种批判的视角对故事中人物进行考察。魔鬼的本质是反人性的，通过它的视角所展现的故事呈现出一种寓言式的形态，具有一种天然的讽刺效果。

153

短篇小说中视角转换发生的频率相对较低，视角模式一旦选定就相对固定。但在辛格的短篇小说中，视角模式的转换是存在的，主要有四种情形。第一种转换形式为第一人称回顾性视角侵入第一人称体验视角，这是一种较为常见的视角转换现象，主要表现为在回忆过程中利用回顾者当时正在经历故事时的视角呈现故事，以便更好地描述叙述者即时的心理感受，增加叙事的感染力。第二种是由全知视角向固定式人物有限视角的转换，这种转换是为了降低全知模式在叙事上产生的距离感。这类短篇小说总体上采用的是全知视角模式，但在叙事过程中为了增加情节的悬疑效果，叙事者会暂时放弃全知视角，转而采用某个故事人物的有限视角进行叙事。第三种视角转换被称为第一人称视角的"隐性越界"，这种转换是短篇小说的需要。故事开始时作者有意采用全知视角，对故事背景进行必要的交代，以最小的篇幅给读者提供最多的信息。在故事展开之后，视角模式即采用第一人称视角，充分利用有限视角所造成的信息差，提高情节的表现力和叙事张力。最后一种视角模式的转换发生在"魔鬼"视角上，它也可以看作是"隐性越界"的一种表现，是由第一人称视角向全知视角的转换。在"魔鬼"视角下，故事一开始经常是以第一人称视角叙事，目的是为了表明叙述者的身份，交代相关的故事背景。在故事展开之后，"魔鬼"叙述者即利用自己特殊的身份，从全知的视角对故事进行展示，为读者提供每一个细节，包括人物的某些心理变化，以达到讽刺和鞭挞的目的。

对叙事结构的研究是本书的重点，也是难点。在对相关叙事理论进行分析整理的基础上，本书分别从形态和功能两个角度对辛格短篇小说的结构进行分析。从故事形态上划分，辛格的短篇小说可以分为三种结构：链式、圆形和回形结构。链式结构的事件组合原则通常是时间和因果关系，但在辛格的短篇小说中，存在于犹太人之间某种神秘的联系也是组合事件的一种原则。圆形结构的特征表现为事件的首尾相接、前后照应，这在辛格的《科里谢夫的毁灭》、《那里是有点什么》和《心灵之旅》等短篇小说中都表现明显。本书的研究还发现，辛格短篇小说中的"圆"实际上具有更为深刻的象征意义，它象征了犹太人无法改变的命运轨迹，述说了犹太人在新旧世界里苦苦挣扎的徒劳。回形结构是采用一种内嵌的方式展开故事的，与辛格一贯坚持的"讲故事"的叙事风格相适应。这种结构形式既十分经济，也有利于与读者的交流，还可以避免叙述者对敏感话题的直接评论。

按照主题模式划分，辛格的短篇小说大都与"信仰"有关。这类"信仰"主题在结构上可以异化为四种形式：背弃—回归、坚持—救赎、堕落—泯灭以及迷茫—幻灭。这两种分类方法可以从不同的角度窥见辛格在短篇小说构思上的精妙。为了更深入地展示辛格短篇小说结构上所独具的匠心，本书还分别探讨了辛格短篇小说开头和结尾的艺术。辛格在故事开头或通过巧设悬念，或欲擒故纵，或预设情景，以此增加故事的吸引力。而在故事结尾，辛格则通过各种技巧点明深化主题，同时点到即止，留有余味。

叙事学上的时间问题即如何通过叙事文本再现故事时间的问题。辛格许多短篇小说中的故事时间都与犹太人的真实历史密切相关，充分体现了辛格对犹太历史的关注和尊重。在辛格的短篇小说中，各种时间叙事技巧如概述、停顿和重复等时间叙事技巧被合理运用，以控制叙事的节奏，增加叙事的表现力和张力。在空间叙事技巧的表现上，辛格在奇幻缤纷的故事后面，选择了两大永恒不变的空间场景：一个是已经逝去的波兰犹太社区，另一个就是犹太人所寄居的现代美国社会。相对于不断变化的人和事，这些不变的故事场景便成为作品最为突出的空间特征。在波兰犹太社区，一些最具犹太生活印记的场所如读经房、澡堂、救济院、市场在作品中频繁出现，为小说叙事的空间化提供了支持。而在现代美国社会，空间的转换成为小说空间叙事最为突出的特点，小说的空间也由开放变得更加封闭。这些空间场景的变迁与犹太人的历史和命运息息相关，不断地述说着犹太人令人伤感的历史。透过小说，所有与犹太人有关的记忆都像剪影似的投射在这些场景上，被空间化了，铸就成为永恒的瞬间。为了能够更加充分地展示辛格在空间叙事上的高超技巧，本书最后还以《旅游巴士》为例，详细说明辛格如何在小说中构建叙事空间。

概括起来，本书运用叙事学理论，从蕴含丰富的辛格研究中汲取营养，并力图有所创新。首先，本书尝试将短篇小说与叙事学研究结合起来，试图探索一条新的研究路径。选择辛格的多部短篇小说作为研究对象，是符合叙事学理论自身要求的，因为叙事学原本的宗旨是分析叙事作品的普遍特征，概括出一套适合所有叙事作品的理论机制。本书研究的过程表明，辛格的短篇小说在叙事技巧和叙事风格上呈现出较强的规律性，研究结果也具有一定的应用价值。

其次，本书在对辛格短篇小说的叙事交流进行研究的过程中，大胆提出设想，将叙事交流过程视作一个双向的交流过程，并构建一个以"隐含作者"为核心的叙事交流修正模型。该模型不仅给予"隐含作者"足够的重视，还将读者提高到与其他交流元素同等重要的地位。

最后，本书在广泛考察辛格短篇小说的基础上，从叙事学的结构理论出发，根据故事的形态和功能分别提炼出几种结构类型。这几种结构类型在辛格的短篇小说中具有一定的代表性，可以对辛格短篇小说内部结构进行适当的描述，展示辛格在短篇小说结构安排的用心与巧妙，同时也可以为其他短篇小说的结构研究提供参考。

总之，本书对辛格短篇小说的叙事学研究，可以一定程度上揭示其短篇小说的结构之妙，帮助读者从一个新的角度欣赏辛格短篇小说的叙事艺术。这些研究结果和其他的主题和创作背景研究结合起来，有助于更加全面地理解和诠释辛格的短篇小说。但是，本书作者在研究过程中也发现很多不足之处。首先，本书对叙事学理论的运用有一定局限。叙事学理论的范畴很广，而且其体系还在不断地发展变化。本书所采用的分析工具只是其中最基本的组成部分，分析的角度也有所局限。其次，对辛格短篇小说的样本选择有一定限制，不能覆盖所有作品，因此本书的样本代表性还不够强，研究结论也可能存在偏颇之处。

所幸的是，本书作者在研究过程中，对于辛格和叙事学研究的兴趣不断增加，并计划在完成本书之后，继续从更加广泛的角度展开对辛格短篇小说的研究，希望这些遗憾能够在今后的研究中得到弥补！

参考文献

巴尔. 叙述学——叙事理论导论[M]. 谭君强,译. 北京:中国社会科学出版社,
　　2003.

巴特. 叙事作品结构分析导论[M]. 张寅德,译//张寅德编. 叙述学研究. 北京:
　　中国社会科学出版社,1989.

拜克. 犹太教的本质[M]. 傅永军,于健,译. 济南:山东大学出版社,2002.

布雷蒙. 叙事可能之逻辑[M]. 时利和,译. 北京:中国社会科学出版社,1989.

布思. 小说修辞学[M]. 华明,胡苏晓,周宪,译. 北京:北京大学出版社,1987.

布思. 修辞的复兴[M]. 穆雷等,译. 南京:译林出版社,2009.

布思. 隐含作者的复活[J]. 申丹,译. 江西社会科学,2007(5):30-40.

曹禧修. 小说修辞学框架中的隐含作者和隐含读者[J]. 当代文坛,2003(5):
　　51-54.

程爱民,郑娴. 论艾·辛格的小说的主题模式[J]. 外国文学,2001(5):57-64.

程锡麟. 叙事理论的空间转向[J]. 江西社会科学,2007(11):25-35.

冯亦代. 卡静论辛格[J]. 读书,1979(1):113-18.

弗兰克. 现代小说的空间形式[M]. 秦林芳,编译. 北京:北京大学出版社,1991.

傅景川. 二十世纪美国小说史[M]. 长春:吉林教育出版社,1996.

傅晓薇. 艾·巴·辛格创作思想及其对于中国文坛的影响[D]. 四川大学,2005.

格非. 小说叙事研究[M]. 北京:清华大学出版社,2002.

格雷马斯. 结构语义学[M]. 蒋梓骅,译. 天津:百花文艺出版社,2001.

哈维. 后现代的状况——对文化变迁之缘起的研究[M]. 阎嘉,译. 北京:商务印
　　书馆,2003.

韩伟伟. 浅谈海明威短篇小说的情节结构和叙事艺术[J]. 时代文学, 2010 (5): 32.

胡亚敏. 叙事学[M]. 武汉: 华中师范大学出版社, 2004.

黄德泉. 论电影的叙事空间[J]. 电影艺术, 2005 (3): 18-24.

黄凌. 在传统与现实的十字架下——辛格宗教题材短篇小说初探[J]. 外国文学研究, 1998 (4): 32-34.

姜振平. "市场街的斯宾诺莎": 辛格的创造性误读[J]. 短篇小说 (原创版), 2012 (5): 45-48.

开普兰. 犹太教: 一种文明[M]. 黄福武, 张立改, 译. 济南: 山东大学出版社, 2002.

亢淑平. 关于叙事交流示意图的商榷[J]. 内蒙古农业大学学报 (社会科学版), 2010 (3): 367-369.

科恩. 大众塔木德[M]. 盖逊, 译. 济南: 山东大学出版社, 1998.

昆德拉. 小说的艺术[M]. 孟湄, 译. 北京: 三联书店, 1992.

李凤亮. 文学叙事与历史叙事比较的理论基点[J]. 华中师范大学学报 (人文社科版), 2004 (4): 113-116.

李红梅. 辛格上帝观的文化解读——剖析犹太裔作家艾萨克·辛格短篇小说蕴含的宗教意识[J]. 伊犁师范学院学报 (社会科学版), 2010 (1): 88-90.

李建军. 小说修辞学研究[M]. 北京: 中国人民大学出版社, 2003.

李乃刚. 艾萨克·辛格小说《巴士》中叙事空间的构建[J]. 广西师范大学学报 (哲学社会科学版), 2010 (1): 19-22.

里蒙-凯南. 叙事虚构作品[M]. 北京: 三联书店, 1989.

刘国枝, 刘卫. 上帝的信徒与叛逆——试论辛格的宗教意识及其创作[J]. 湖北大学学报 (哲学社会科学版), 1998 (1): 66-69.

刘素娟, 樊星. 犹太文化精神与中国文化精神相通的一个证明——傻瓜《吉姆佩尔》与《许三观卖血记》的比较[J]. 外国文学研究, 2006 (1): 152-157.

刘月新. 论"隐含作者"与"隐含读者"[J]. 三峡大学学报 (哲社版), 1996 (1): 46-53.

柳鸣九. 评《泰贝利和魔鬼》[J]. 文汇, 1981 (1).

龙迪勇. 空间形式: 现代小说的叙事结构[J]. 思想战线, 2005 (6): 102-109.

龙迪勇. 论现代小说的空间叙事[J]. 江西社会科学, 2003 (10): 15-22.

龙迪勇. 时间性叙事媒介的空间表现[J]. 江西社会科学, 2007 (4): 18-32.

龙迪勇. 图像叙事: 空间的时间化[J]. 江西社会科学, 2007 (9): 39-53.

龙迪勇．叙事学研究的空间转向[J]．江西社会科学，2006（10）：61-72．

陆建德．为了灵魂的纯洁——读辛格短篇小说有感[J]．当代外国文学，2006（2）：34-43．

罗钢．叙事学导论[M]．昆明：云南人民出版社，1994．

马尔克斯．百年孤独[M]．范晔，译．海口：南海出版公司，2011．

马晓娜．试论辛格短篇小说中奇异题材的深层底蕴[D]．东北师范大学，2006．

孟昭连．作者·叙述者·说书人[J]．明清小说研究，1998（4）：137-152．

倪浓水．小说叙事研究[M]．北京：群言出版社，2008．

潘泽泉．空间化：一种新的叙事和理论转向[J]．国外社会科学，2007（4）：42-47．

普洛普．神奇故事的结构研究与历史研究[J]．贾放，译．民俗研究，2002（2）：26-41．

齐宏伟．启蒙·人道·信仰——从鲁迅到余华再到辛格小说中的"三愚"[J]．社会科学论坛，2004（8）：60-66．

乔国强．"隐含作者"新解[J]．江西社会科学，2008（6）：23-29．

乔国强．批评家笔下的辛格[J]．当代外国文学，2005（4）：110-118．

乔国强．斯宾诺莎对辛格创作的影响[J]．外国文学，2006（1）：49-53．

乔国强．同化：一种苦涩的流亡——析"同化"主题在辛格作品中的表现[J]．当代外国文学，2009（1）：140-148．

乔国强．辛格笔下的女性[J]．外国文学评论，2005（1）：133-141．

乔国强．辛格研究[M]．上海：上海外语教育出版社，2008．

乔国强．叙事学研究[M]．武汉：武汉出版社，2006．

热奈特．热奈特论文集[M]．史忠义，译．天津：百花文艺出版社，2001．

热奈特．叙事话语　新叙事话语[M]．王文融，译．北京：中国社会科学出版社，1990．

戎晓云．固守和超越——辛格创作与犹太传统文化关系分析[D]．苏州大学，2006

桑艳霞．简析《到灯塔去》中电影手法的运用．飞天，2009（12）：55-56．

佘向军．"隐含作者"与艺术人格——对"隐含作者"的再认识[J]．西南民族学院学报（哲社版），2004（9）：180-183．

申丹，王丽亚．西方叙事学：经典与后经典[M]．北京：北京大学出版社，2010．

申丹．究竟是否需要"隐含作者"？——叙事学界的分歧与网上的对话[J]．国外文学，2000（3）：7-13．

申丹．文体学与叙事学：互补与借鉴[J]．江汉论坛，2006（3）：62-65．

申丹. 叙事、文体与潜文本——重读英美经典短篇小说[M]. 北京：北京大学出版社，2009.

申丹. 叙述学与小说文体学研究[M]. 北京：北京大学出版社，1998.

申丹等. 英美小说叙事理论[M]. 北京：北京大学出版社，2005.

斯宾诺莎. 伦理学[M]. 贺麟，译. 北京：商务印书馆，1958.

苏贾. 后现代地理学——重申社会理论中的空间[M]. 王文斌，译. 北京：商务印书馆，2004.

孙琳. 格雷马斯结构语义学批判[J]. 学术论坛，2011（10）：72-75.

孙珍. 辛格：一个虔诚的怀疑论者[J]. 潍坊学院学报，2006（5）：115-117.

谭君强. 论叙事虚构作品中的作者自我[J]. 云南民族大学学报（哲社版），2008（5）：130-134.

谭君强. 叙事学导论：从经典叙事学到后经典叙事学[M]. 北京：高等教育出版社，2008.

托多洛夫. 从《十日谈》看叙事作品语法[J]. 黄健民，译//张寅德. 叙述学研究. 北京：中国社会科学出版社，1989.

汪静. 新历史主义视角下艾萨克·巴什维斯·辛格作品的话语分析[D]. 安徽大学，2006.

王安. 论空间叙事学的发展[J]. 社会科学家，2008（1）：142-145.

王明霞. "智者"还是"愚人"——简析艾萨克·辛格的〈傻瓜吉姆佩尔〉[J]. 长江大学学报（社会科学版），2006（2）：45-47.

王欣，石坚. 时间主题的空间形式：福克纳叙事的空间解读[J]. 外国文学研究，2007（5）：124-129.

王振军. 后经典叙事学：读者的复活——以修辞叙事学为视点[J]. 河南师范大学学报（哲学社会科学版），2011（5）：227-230.

王锺陵. 法国叙述学的叙事结构研究及建立叙述学的新思路[J]. 学术月刊，2010（3）：117-127.

吴效刚. 论小说的叙述者[J]. 甘肃高师学报，2000（4）：76-78.

吴长青. 被遗忘了的意识——辛格短篇小说论[J]. 名作欣赏，2008（2）：109-112.

辛格. 艾·辛格的魔盒——艾·辛格短篇小说精编[M]. 方平等，译. 北京：中央编译出版社，2006.

熊修春. 美籍犹太作家辛格笔下的愚者意蕴[J]. 武汉理工大学学报（社会科学版），2003（6）：731-735.

徐岱．小说形态学[M]．杭州：杭州大学出版社，1992．

徐忠仁．评《市场街的斯宾诺莎》和《老来恋》[J]．上饶师专学报，1987（4）：54-57．

许振强．辛格的叙事艺术[J]．当代文艺思潮，1985（3）：88-90．

亚里士多德．诗学[M]．北京：人民文学出版社，1990．

杨向荣，译．艾萨克·辛格访谈录[J]．青年文学，2007（6）：122-128．

杨义．中国叙事学[M]．北京：人民出版社，1997．

尹岳斌．辛格短篇小说浅析[J]．益阳师专学报（哲科版），1984（3）：11-16．

郁诚伟．辛格短篇小说的结尾艺术[J]．河南师大学报（社会科学版），1984（2）：84-88．

张世君．《红楼梦》的空间叙事[M]．北京：中国社会科学出版社，1999．

张世君．明清小说评点的空间转换概念：脱卸[J]．西南师范大学学报（人文社会科学版），2002（6）：150-156．

张世君．中国古代小说评点空间叙事理论探微[J]．广州大学学报（综合版），2001（7）：17-21．

张寅德．叙述学研究[M]．北京：中国社会科学出版社，1989．

赵琨．犹太文化的方舟——辛格小说创作主题模式的文化底蕴[J]．外国文学评论，1997（2）：66-73．

赵毅衡．苦恼的叙述者[J]．北京：北京十月文艺出版社，1994．

周和军．论空间叙事的兴起[J]．当代文坛，2008（1）：66-68．

祖国颂．叙事学的中国之路——全国首届叙事学学术研讨会论文集[C]．北京：中国社会科学出版社，2006．

佐伦．走向叙事空间理论[M]．北京：北京大学出版社，1984．

ALEXANDER E. *I. B. Singer: A Study of Short Fiction*[M]. Boston: Twayne Publishers, 1990.

ALEXANDER E. *Isaac Bashevis Singer*[M]. Boston: Twayne Publishers, 1980.

BAL M. *Narrative Theory: Critical Concepts in Literary and Cultural Studies* (Vol.I, II, III) [M]. London: Routledge, 2004.

BLOCKER J, ELMAN R. An Interview with Isaac Bashevis Singer[J]. *Commentary*, 1963(36): 364-372.

BOOTH W C. *Rhetoric of Fiction*[M]. Chicago: The University of Chicago Press, 1983.

BUCHEN I. *Isaac Bashevis Singer and the Eternal Past*[M]. New York: New York University Press, 1968.

BURGIN R. *Conversations with Isaac Bashevis Singer*[M]. New York: Farrar, Straus & Giroux, 1986.

BURGIN R. *Isaac Bashevis Singer: Conversations*[M]. [S.l.]: University Press of Mississippi, 1992.

BURGIN R. The Hidden God of Isaac Bashevis Singer[M]//FARRELL G. *Critical Essays on Isaac Bashevis Singer*. New York: G. K. Hall & Co., 1996.

BURGIN R. The Sly Modernism of Isaac Singer[J]. *Chicago Review*, 1980(4): 65-67.

CHATMAN S. *Story and Discourse: Narrative Structure in Film and Fiction*[M]. Ithaca: Cornell UP, 1978.

COLWIN L. *I. B.* Singer, Storyteller[J]. *The New York Times Book Review*, 1978(1): 23-24.

FARRELL G. *Critical Essays on Isaac Bashevis Singer*[M]. New York: G. K. Hall & Co., 1996.

FARRELL G. *Isaac Bashevis Singer: Conversations*[M]. Jackson: University of Mississippi Press, 1992.

FRANK J. *The Idea of Spatial Form*[M]. New Brunswick: Rutgers University Press, 1991.

FRANK M Z. The Demon and Earlock[J]. *Conservative Judaism*, 1965(20): 1-9.

FRIEDMAN L. *Understanding Isaac Bashevis Singer*[M]. Columbia: University of South Carolina Press, 1988.

GENETTE G. *Narrative Discourse*[M]. Ithaca: Cornell University Press, 1980.

HADDA J. *Isaac Bashevis Singer: A Life*[M]. Madison: The University of Wisconsin Press, 1997.

HERTZBERG A. *The Jews in America: Four Centuries of an Uneasy Encounter: A History*[M]. New York: Simon, 1989.

HOWE I. Demonic Fiction of a Yiddish Modernist[J]. *Commentary*, 1960(10):181.

HOWE I. In the Day of a False Messiah[J]. *The New Public*, 1955(33): 20.

HOWE I. Stories: New, Old and Sometimes Good[J]. *New Republic*, 1961(11): 19-22

HUGHES T. The Genius of Isaac Bashevis Singer[J]. *The New York Review of Books*, 1965(4): 8-10.

164

HYMAN S E. Isaac Singer's Marvels[J]. *The New Leader*, 1964(1): 17-18.

JAKOBSON R. Closing Statement: Linguistics and Poetics[J]. *Style in Language*, 1974: 356.

KAZIN A. The Saint as Schlemiel[M]//FARRELL G. *Critical Essays on Isaac Bashevis Singer*. New York: G. K. Hall & Co., 1996.

KLAGES M. *Literary Theory: A Guide for the Perplexed*[M]. Shanghai: Shanghai Foreign Language Education Press, 2009.

KRESH P. *Isaac Bashevis Singer: The Magician of West 86th Street*[M]. New York: The Dial Street Press, 1979.

LANDIS J C. I. B. Singer—Alone in the Forest[M]//FARRELL G. *Critical Essays on Isaac Bashevis Singer*. New York: G. K. Hall & Co., 1996.

LOTTMAN H R. I. B. Storyteller[J]. *The New York Times Book Review*, 1972(5): 32-33.

LUBBOCK P. *The craft of Fiction*[M]. London: Jonathan Cape, 1921.

MADDOCKS M. He Builds Bridge to the Past[J]. *The Christian Science Monitor*, 1967:9.

MARLIN I. *Isaac Bashevis Singer*[M]. New York: Frederick Ungar Publishing Co. Inc., 1972.

MARTIN W. *Recent Theories of Narrative*[M]. Beijing: Peking University Press, 2006.

MILTON H. *Isaac Bashevis Singer*[J]. [S.l.]: Jewish Heritage, 1962.

MIRON D. Passivity and Narration: The Spell of Bashevis Singer[J]. *Judaism*, 1992(1):6-17.

O'NEILL P. *Fiction of Discourse: Reading Narrative Theory*[M]. [S.l.]: University of Toronto Press, 1994.

OZICK C. *The Pagan Labbi and Other Stories*[M]. New York: Syracuse University Press, 1995.

PANDROM C. Isaac Bashevis Singer: An Interview[J]. *Contemporary Literature*, 1969(10): 1-38.

PRINCE G. *A Dictionary of Narratology*[M]. [S.l.]: University of Nebraska Press, 1991.

PRINCE G. *Narratology: The Form and Functioning of Narrative*[M]. New York: Mouton, 1982.

QIAO Guo Qiang. *The Jewishness of Isaac Bashevis Singer*[M]. Bern: Perter Lang, 2003.

RIBALOW R S. A Visit to Isaac Bashevis Singer[J]. *The Reconstructionist*, 1964(30): 19-26.

RIMMON-KENAN S. How the Model Neglects the Medium[J]. *The Journal of Narrative Technique*, 1989(19): 160.

RIMMON-KENAN S. *Narrative Fiction: Contemporary Poetics*[M]. London: Methuen, 1983.

RONEN R. Space in Fiction[J]. *Poetics Today*, 1986(3): 7.

SINGER I B, Burgin R. *Conversations with Isaac Bashevis Singer*[M]. New York: Doubleday & Company, 1985.

SINGER I B, Howe I. Yiddish Tradition vs. Jewish Tradition, A Dialogue[J]. *Midstream*, 1973(1): 33-38.

SINGER I B. *A Crown of Feathers and Other Stories*[M]. New York: Farrar, Straus and Giroux, 1981.

SINGER I B. *In My Father's Court*[M]. New York: Farrar, Straus and Giroux, 1966.

SINGER I B. *Nobel Lecture*[M]. New York: Farrar, Straus & Giroux, 1979.

SINGER I B. *The Collected Stories of Isaac Bashevis Singer*[M]. New York: Farrar, Straus and Giroux, 1996.

SONTAG S. Demons and Dreams[J]. *Partisan Review*, 1962(3): 460-463.

STAVANS I. *Isaac Bashevis Singer: An Album*[M]. New York: The Library of America, 2004.

TEICHOLZ T. The Passions of a Nobel Laureate[J]. *Interview*, 1983(13): 36-38.

TELLER J. Unhistorical Novels[J]. *Commentary 21*, 1956(4): 393.

TODOROV T. *Litterature et Signification*[M]. Paris: Larousse, 1976.

TOOLAN M J. *Narrative: A Critical Linguistic Introduction*[M]. London: Routledge, 1988.

TURAN K. Isaac Bashevis Singer: "I Walk on Mysteries"[J]. *The Washington Post*, 1976: C1, C3.

WELLS V. *Isaac B. Singer on Writing, Life, Love and Death*[M]. [S.l]: Sun-Sentinel, 1991.

WIESELTIER L. The Revenge of I. B. Singer[J]. *New York Review of Books*, 1978(6).

附　录

艾萨克·巴什维斯·辛格生平及著作年表

1904 年	7 月 14 日出生于波兰的莱昂辛镇。
1908 年	举家迁往华沙。
1914 年	开始阅读非犹太作家尤其是陀思妥耶夫斯基的作品，并开始对宗教信仰产生怀疑。
1917 年	与母亲搬到毕尔格雷镇，并在此生活了四年。
1918—1920 年	开始用希伯来语创作诗歌和小说，并在毕尔格雷担任希伯来语教师。开始接受斯宾诺莎思想的影响。
1921 年	就读于华沙塔科莫尼拉比神学院，一年后返回毕尔格雷。
1923 年	在华沙的意第绪杂志《文学丛刊》当校对。开始把哈姆逊、茨威格、托马斯·曼的现代作品翻译成意第绪语。
1925 年	在《文学丛刊》上出版第一部短篇小说《在老年》。
1926—1927 年	出版《外孙》、《乡村掘墓人》。
1929 年	与情人鲁尼亚的儿子以色雷尔出生。
1933 年	第一部长篇《格雷的撒旦》以连载形式出版，1935 年出版单行本。
1935 年	迁居美国，定居于布鲁克林的威廉姆斯堡区。开始为《犹太每日前进报》撰稿。
1935—1936 年	《罪恶的弥赛亚；一部历史小说》在《前进报》连载。
1940 年	与阿尔玛·海曼结婚。
1943 年	重新出版《格雷的撒旦》。发表《科里谢夫的毁灭》等四部短篇。
1945—1948 年	《莫斯凯家族》在《犹太每日前进报》连载。
1950 年	出版《莫斯凯家族》意第绪语和英语的单行本。
1953 年	由索尔·贝娄翻译的短篇小说《傻瓜吉姆佩尔》在《党派评论》

	上发表。辛格开始为非犹太读者所知。
1955 年	由雅各·斯隆翻译的《格雷的撒旦》出版。
1957 年	《哈德逊河上的阴影》在《前进报》上连载。出版第一部英语短篇小说集《傻瓜吉姆佩尔和其他故事集》。
1958 年	《驶向美国的船》在《前进报》上连载。
1959 年	《卢布林的魔术师》在《前进报》上连载。
1960 年	《卢布林的魔术师》英译本发行。
1961 年	短篇小说集《市场街的斯宾诺莎和其他故事集》出版。
1962 年	《奴隶》英译本出版。
1964 年	英语短篇小说集《短暂的星期五和其他故事集》出版，并入选国家文学艺术学院。
1966 年	自传性回忆录《在我父亲的法院里》出版。
1967 年	《庄园》英译本出版。
1968 年	短篇小说集《降神会和其他故事集》出版。儿童故事集《希勒米尔去华沙》出版。
1969 年	长篇小说《地产》出版。
1970 年	《快乐的一天》获国家儿童文学奖。短篇小说集《卡夫卡的朋友和其他故事集》出版。
1972 年	长篇小说《敌人：一个爱情故事》出版。
1973 年	短篇小说集《羽毛的皇冠和其他故事集》出版。
1974 年	获国家图书奖。长篇小说《忏悔者》连载。
1975 年	短篇小说集《激情和其他故事集》出版。
1978 年	获诺贝尔文学奖。回忆录《寻找爱的年轻人》和长篇小说《肖莎》出版。
1979 年	短篇小说集《老有所爱和其他故事集》出版。
1981 年	回忆录《迷失在美国》出版。
1982 年	《短篇故事集》出版。
1983 年	长篇小说《忏悔者》英文版出版。
1985 年	短篇小说集《镜像集》出版。
1988 年	长篇小说《原野王》、短篇小说集《美休舍拉之死和其他故事集》出版。
1991 年	7 月 24 日去世。

索 引